# 无尽天灯之神战

God War The Endless Sky Lantern

海 雷◎著

作家出版社

**图书在版编目（CIP）数据**

无尽天灯之神战 / 海雷著. -- 北京 : 作家出版社，2017.6
ISBN 978-7-5063-9536-6

Ⅰ. ①无… Ⅱ. ①海… Ⅲ. ①长篇小说 - 中国 - 当代 Ⅳ. ①K247.5

中国版本图书馆CIP数据核字（2017）第152757号

**无尽天灯之神战**

---

**作　　者：**海　雷
**总 策 划：**段盈涵
**责任编辑：**夏钱钱
**装帧设计：**中作图文　孙文亮
**插　　画：**孙文亮
**出版发行：**作家出版社
**社　　址：**北京农展馆南里10号　　**邮　　编：**100125
**电话传真：**86-10-65930756（出版发行部）
86-10-65004079（总编室）
86-10-65015116（邮购部）
**E-mail:zuojia@zuojia.net.cn**
**http://www.haozuojia.com**（作家在线）
**印　　刷：**中煤（北京）印务有限公司
**成品尺寸：**152×230
**字　　数：**162千
**印　　张：**14
**版　　次：**2017年7月第1版
**印　　次：**2017年7月第1次印刷
ISBN 978-7-5063-9536-6
**定　　价：**39.00元

---

# 目录

## 第一章

# 盛光灵童

盘古开天地，万物初生，天地之间的第一道光芒直射亿万公里。

光点落定，幻化成两个光圈定格在一瞬间，光圈内有水灵和土灵两种灵体。

水灵和土灵不停环绕孕育，逐渐形成了陆面。陆面在荏苒的时光中逐渐形成了蜿蜒的河海、苍郁的森林和沉静的山丘等无生地体！

东方神女“女娲神尊”觉得这片陆面太过寂寥、渺无生机，就索性从陆面上抓了一把泥土开始捏土造人，创造人类。

当捏完第一个人后，女娲神尊眉头一皱，还是觉得这个世界太过萧索，于是就用泥土又捏了一个与第一人性别相反的人，又依照这两人为模本，捏造出了更多的人类。从此，人类的男男女女就在这片陆面上依靠着自己的天性繁衍生息！

可是女娲神尊认为，倘若陆面只有人类，又显得太过单调，人类的生存也会成为很大的问题。这个陆面世界似乎还缺少一些有灵性的地物。因此，女娲神尊就用剩下的泥土在空中肆意挥洒，当泥点落入陆面，就形成了形形色色的新生地物。

这些新生地物有的出现在山野之中变成了陆行兽，有的隐匿在水中变成了遨游的鱼，还有的在空中变成了飞翔的鸟。

东方世界由此诞生。

数万载之后的某天，玄天之上的四根擎天大柱骤然倾倒，天上的云层裂成一块块巨大的云石砸向人间，致使大地毁裂，化为九州。

此时，天已不能覆盖地，大地也无法再承载万物，天祸连连殃及人间，人间生灵涂炭、哀鸿遍野，人类哀号一片，苦不堪言。

女娲神尊不忍心看到自己创造出来的人类经受此难，于是，驾着神兽青鸾出现在天空之上用冶炼的五色石补天。天界经过修补，秩序恢复了正常，东方大地才得以恢复安宁。

可是天地偌大，如何才能维系天地之间的和谐？要用怎样的举措来营造完美相处的天与地？也正因为女娲神尊考虑到了这一点，天与地也就需要有人各掌一面。

但是，由谁来管天？又由谁来管地？这似乎也是冥冥之中早已注定好的事，但天机不可泄露！

时光荏苒，岁月如梭，万年之后，在九天玄空之上出现了两位“盛光灵童”。“盛光灵童”本是由女娲神尊补天之时的五色石碎片，他们在玄天之上不断循环撞击，借天界灵气孕育而生。此后，他们便相依为命。

“盛光灵童”一个名为“天生”，一个名为“云生”，这是他们与生俱来的名字，这名字从他们诞生的那一刻起就镌刻在他们佩戴在脖颈的五色石项链之上。

天生与云生有时会一起到天河游泳。天河，由大片大片的云海连合而成。他们游泳时，天河之水祥云四起，一层层薄如蝉翼的云浪席卷着雨露向天际流去，不时会有生存在天河之中的雨鱼跳跃而起，溅起一层层水花。

每次他们下到天河云海游泳之前，天生都会用万年灵树的叶子编织成叶环，分别套在他和云生的脖颈之上，这样一来他们在天河之中游泳时就不怕被偶尔袭来的飓风云浪卷走，也正是因为这样他们才可以自由自在地在云浪迭起的天河之中畅游，玩得不亦乐乎。

天生喜欢在天河云海之中捕捉雨鱼，每次捉到雨鱼时，都会送给云生。天生对云生说："这雨鱼乃是天上的灵物，你可要好好收藏！因为每一条雨鱼都是由亿万颗雨露凝聚幻化而成，它们具有降雨的功能！"

云生摇晃着小脑袋，紧盯着手中散发着丝丝潮气并且不断翻动挣扎的雨鱼，不解地问："雨鱼？我要它做什么？你把它送给我做什么？天界从来不缺水，为什么要降雨呢？好奇怪啊，你！"

天生看着云生，淡淡地笑着，说："这，你就有所不知啦！莫要小看这雨鱼，这等凝聚了天界灵气的幻化之物可是好东西。如果收集到九千九百九十九条雨鱼的话，嘿嘿，那就可以得到一本《凡雨典》！"

云生仍旧眉头紧锁，握着雨鱼的手暗暗用力，当他听到《凡雨典》这三个字中的"凡"字之时，脸上的不开心更加明显了。他一脸阴郁地问："《凡雨典》？我要它来做什么啊？"

天生似乎是想开解眼前闷闷不乐的云生，于是，笑呵呵地对着云生说："《凡雨典》，顾名思义，'凡'为凡间，'雨'为雨天，'典'则是典籍的意思。作为诸多天书神卷之一的《凡雨典》可以调节凡间的气候，比如在人间干旱之时，可以运用此典为人间降雨，造福人类，让人间风调雨顺五谷丰登，让人类免受旱灾！"

云生又听到了"凡间""人间""人类"这几个词语，刚刚的闷闷不乐变为了此刻的心烦意乱，他很不耐烦地说："我最讨厌的就是凡间和人类！为什么要那么辛苦地收集雨鱼？为什么还要收集那么多条才能换取那本破书？凡间的事是凡间的事，与我无关。你要是那么喜欢雨鱼的话，你自己留着好了！我才不稀罕呢！"

说罢，云生将手中快要被他掐断气的雨鱼恶狠狠地甩给了天生。

天生连忙接住云生手中抛来的雨鱼，一脸郁闷却又满眼宠溺地看着弟弟云生，想生气却又生不起气来，只能无可奈何地摇了摇头。天生将雨鱼装进自己的锦袋之中，装的时候异常小心翼翼，这在天河云海之中随处可见的雨鱼在他眼中就如同一件旷世珍宝一般。天生将雨鱼慢慢装好，然后在闭合锦袋之后又慢慢地将袋口的丝绳轻轻地扎牢。

天生和云生有时还会一起骑"云凤"。云凤乃是九天之上象征吉祥的神物，与凤凰同出一脉，但属于凤凰的亚种。云凤身形庞大，身上长满了彩虹色的羽毛。云凤的每片羽毛都吸收过晨曦之光，当它们在天空飞舞时，尾翼划过云层，流光便会出现。流光在天界稍作停留后便会散落凡间，幻化成海市蜃楼，映射出缤纷多彩、亦真亦幻的景象。

云生性喜高远，这妙不可言的云凤在他眼中便成为了能够让他登高望远的坐骑。因而云生每每看到云凤时，都会对天生苦苦哀求："哥哥，哥哥，你能不能抓一只云凤来让我骑？因为我觉得它非常好看，我如果能骑在上面，一定会特别威风！你懂的法术比我多，所以帮我抓一只，好不好吗？哥哥！我的好哥哥！求求你啦！”

天生虽然知道云生的顽劣性子，倘若真的要抓一只云凤给云生当坐骑，这云凤肯定会遭殃。然而，向来宠溺弟弟的天生根本拗不过云生。在云生的再三央求之下还是勉强答应。

于是，天生一个“凌空幻影步”飞跃至半空，衣袖之中的金蚕云丝绳飞出。天生口中念念有声——“千丝万缕”，金蚕云丝绳就随着他的口诀迅速朝着云凤的方向飞去。当金蚕云丝绳接近云凤时，天生又一声令下——“抽丝剥茧”。这时，本是直线型的绳子瞬间变成了双环绳扣，以迅雷不及掩耳之势绑住了云凤的双足。这云凤越想挣脱，金蚕云丝绳就被拉得越紧。起初还在不停挣扎的云凤感受到了身上金蚕云丝绳越来越强的力道，就这样费力折腾了一会儿后，无奈地乖乖就范。

天生小手一勾，远处被“五花大绑”的云凤便被金蚕云丝绳拉扯着来到了云生跟前。随后，天生又从锦袋之中取出“玄木椅”，安在了云凤背部最柔软的位置。一切准备就绪，天生便和云生一起骑着云凤漫天游玩。

云生可不懂得善待灵兽，他骑在云凤身上，一边狠狠地抓着云凤脖颈处的羽毛，一边像骑马一样喊着“驾驾驾”，玩到兴起之时还会用双脚使劲踢云凤的肚子。云凤这等神兽何曾被如此骑过？肚子吃痛，疼得云凤嗷嗷直叫，不停地发出“叽喳叽喳”的怪声，速度也不断加快。云生对于云凤的怪叫丝毫没有理会，反而越玩越高兴，脚上的力度也逐渐加大。

云生不在意云凤的感受，但天生却十分在意。这天地之间，众生平等，云凤作为众生之一，也不应受到云生如此对待。因此，天生就把自己的腿变成薄翼状的肉囊紧紧地贴在云凤肚子上。云生用脚使劲踢打云凤的肚子时，其实踢到的是天生的腿。游玩过后，天生的腿变回原形，立刻青肿一片。

放飞云凤前，天生会给云凤喂食他早已备好的仙草。这仙草生长在云朵草原之上，想要得到这仙草并非易事，因为云朵草原由凶恶的神兽看守，天生要用少许修行的灵源才能换来一些仙草。这仙草不仅可以用作云凤的美食，还有着化解伤痛之效。

天生一边梳理着云凤的羽毛，一边给云凤喂食着仙草。云凤吃完仙草后，回头冲着天生微微点头，便拍拍翅膀腾空远去。

有时天生和云生还会一起坐在天谷的望凡石上看人间的美景，天生指着山川和城池给云生讲述着一段又一段来自凡间的故事，每次都听得云生靠在他的肩膀上呼呼大睡。

天生和云生有时还会一起去云巅之上看云层之下斑斓的星空。当流星划过之时，他们都会闭上双眼许愿。传说，对着流星许愿，愿望定能实现。天生许愿，“希望凡间每年都能五谷丰登，希望人类喜乐安康。”云生则许愿，“希望我永远快乐！”

第二章

# 悠悠岁月

岁月更迭，时光荏苒，当年还是顽皮孩童的天生和云生，此时已成长为俊美的仙郎：天生一袭白衣，头戴一根白龙发簪；云生一袭黑衣，头戴一根黑蛇发簪。

这天，他们二人正在云端切磋武艺。原本说好“点到即止”的规矩，在云生这里似乎并不那么管用。云生凌厉的攻势招招都能攻到天生的防守薄弱之处，好在天生的武艺水平要在云生之上，云生刁钻的攻伐一次次被天生化解。

正当他们切磋得不亦乐乎之时，一张金黄色的“天符”瞬息而至。天符金光四射，女娲神尊的面容出现其上，有如空谷幽兰却又神圣而不可侵犯的声音响彻在天生与云生耳边：“天生、云生，速至‘娲皇宫’与我一叙！”

女娲神尊，言出法随。于是，天生和云生各自脚驾祥云，一起飞向天外天之上的娲皇宫。

天生与云生来到了娲皇宫正门之前，他们站定身形，抬头望去，这大气磅礴的景象让二人叹为观止。娲皇宫形似女娲的巨型人面像，宫门之外霞光缭绕飞鸟无数，两扇宫门上刻有天地万物的图腾。

面对女娲神尊的宫殿，天生和云生自是不敢造次。他们跪拜在娲皇宫的宫门外，等待接引使者的到来。

不多时，一只云雀飞到了他们面前。这云雀摇身一变，化为一位妙龄少女的模样。来者正是娲皇宫的接引使者“云雀仙子”。云雀仙子对天生和云生说：“二位请起，女娲神尊让我来此迎接你们入宫！”

天生和云生站起身来，天生向着云雀仙子微微一鞠，云雀仙子施以还礼；云生则一脸兴奋地打量着眼前娇俏玲珑的云雀仙子，脸蛋儿和身材全被他看在了眼里。云生忍不住搭讪：“不知这位仙子姐姐可是娲皇宫的接引使者？”

云雀仙子先是感受到了云生的灼灼目光，此刻又听到了云生油嘴滑舌的言语，心中有些不悦，不愿直接回答云生的无聊问题，然而心中的怒意也不好发作，只得佯装无事，笑盈盈地说：“我不是什么使者，我只是一只报门雀而已，有客前来拜访女娲神尊，我便负责通报和引路！”

云生自然没有听出云雀仙子话中略带抗拒的意味，继续暧昧着说：“不知仙子姐姐平日可有时间游玩？要是有时间的话，我们可以同游天河。我会带你一起捉雨鱼、骑云凤，仙子姐姐意下如何？”

云雀仙子眉头微皱，声音有些冷淡地说：“抱歉，平日里我是出不得娲皇宫的。宫内规矩由女娲神尊定下，门禁森严，所以……”

云雀仙子的话还没说完，云生就小声嘟囔着，说：“哼，装什么装？有什么了不起的？你有规矩，我比你更有规矩！不就是一只鸟嘛，有什么好嘚瑟的?!”

此话一出，天生立刻向云生使了一个眼色，说：“云生，休要胡闹！云雀仙子已然说明了娲皇宫的规矩，你就不要再打扰这位仙子了。今日女娲神尊唤我们前来一定有要事交代，岂能当成儿戏？正经点儿!”

然后天生对云雀仙子又是微微一鞠，恭敬地说：“我这弟弟生性顽皮，但心地善良，绝无恶意，还望仙子见谅！我们此刻便前往宫内面见女娲神尊，劳烦仙子引路!”

云生此刻仍旧不服不忿，一脸不屑地白了天生一眼，说：“也罢，那就快走吧!”

见天生如此识大体、懂礼貌，云雀仙子便没再多说什么，转过身去，引领着天生与云生步入了娲皇宫的大门。

娲皇宫内是禁止外人驾云飞行的，任何人面见女娲神尊都只能步行前往神尊法身所在之处。

天生和云生是第一次来到娲皇宫内院，当他们在云雀仙子的引领之下一步步走进娲皇宫时，再一次被眼前的景象震惊了。娲皇宫内的宫殿鳞次栉比，各类建筑美轮美奂，墙壁上雕刻着从盘古开天到人间盛世的一系列精美壁画，宫殿的中央有一座蓝色心语池，心语池中央有一条通天云梯。

天生和云生在云雀仙子的引领之下一步步登上云梯，即将走到云梯尽头之时发现，女娲神尊正盘坐在莲花云盘之上俯首看着他们。

女娲神尊法相庄严，却又不失女性柔美，真可谓“态浓意远淑且真，肌理细腻骨肉匀。绣罗衣裳照暮春，蹙金孔雀银麒麟”。

云雀仙子飘然下拜，叩首言道：“启禀女娲神尊，天生与云生带到！”

天生和云生跪拜当场，异口同声地说：“参见女娲神尊！”

女娲神尊先对云雀仙子手一挥，说：“好了，你下去吧！”

云雀仙子起身后退，走下云梯后，变回一只轻盈的云雀，飞回了观望台。

女娲神尊右手掌心向上，轻轻一抬，天生和云生便感觉到一股庞大不可抗拒却又十分温暖的力量托着他们站了起来。女娲神尊对天生和云生说：“如今天与地需要有人掌管，不然群龙无首，一片混乱。我会在你们之间选一人管理天界，再一人管理凡间。不知你们意下如何？”

一听到“管理凡间”，云生便心生厌恶，随即不假思索地回答说：“女娲神尊，我，我，我愿意领命掌管天界！”

天生则一躬到底，毕恭毕敬地说：“愿遵女娲神尊之命！只要能维系天地和谐，我愿听候差遣！”

女娲神尊看着二人，点了点头，而后平和地说：“好，我已然知晓你二人心意。日后我会有合理的安排，届时你们会知道各司的神职。回去吧！”

天生和云生再次跪拜，异口同声地回道：“遵命！”

天生和云生拜别女娲神尊后，来到参天灵树下。参天灵树纷纷扬扬的落叶闪烁着金色的光芒，很是耀眼。

云生嘴里叼着一根落叶的梗，百无聊赖地躺在地上，眼望着头顶巨大的参天灵树，问天生说："哥哥，你会和我争管天界吗？"

天生正襟危坐，满是宠溺地看了一眼躺在地上的云生，随后看着远方，笑着回答："弟弟，你放心，哥哥是绝对不会和你争抢的。"

云生似乎并不相信天生的话，所以又急切地追问："那如果女娲神尊让你管理天界怎么办？你会领命吗？"

天生摇了摇头，安慰云生说："你现在不要想太多，管理天界与凡间这等大事由不得你我来决定。如果此事是由我们来决定的话，我一定让你先选，你想管什么就管什么。可是，现在这是女娲神尊才能决定的事情，一切顺其自然就好，我们随遇而安，你说呢？"

云生这次并没有反驳天生的话，仔细想了想，说："也对，这并不是我们能够决定的事情。但是我真的非常厌恶凡间，凡间根本就没什么好玩的，想想就觉得心烦！"

天生对云生语重心长地说："不要这样说，既然盘古开天地以来有天地之分，自然天地也有着区别，天上有的人间也许没有，而人间有的天上也不一定有！"

云生非常厌恶天生这样敷衍的说法，他最听不得别人说天界的不好，更听不得别人说凡间的好。听到这里，云生站起身来，气得直跺脚，而后转身准备扬长而去。离开前，云生背对着天生撂下了一句狠话："天生，你就等着瞧吧，我一定要当天帝，我一定会掌管天界！你想和我争，下辈子吧！"

天生没有来得及阻止云生的脚步，他望着云生远去的背影，淡淡地说："我也希望你能掌管天界。其实，我更喜欢去凡间为人类寻找永生的福祉！只不过，我现在更希望弟弟你能懂我的心！"

零零散散的树叶依然闪耀着光芒，天生一个人站在树下显得极为落寞！

天生仰望着灵树，心情略显沉重地说："希望云生不要想太多，我只希望他快乐。哎，如果他能懂我的心，那就好了！"

"灵树上神"此时听到树下天生的肺腑之言，于是开口说道："天生，你要把心放宽。你与云生虽同出一脉，但你们本质不同。有的事不要太为难自己，如果你真心为他好，就要让他看清楚自己心里的魔障。如果你一味宠着他惯着他，那你的善也就会变成'助纣为虐'的恶！"

天生似懂非懂地点了点头，对着灵树上神说："上尊，我想云生之所以如此，可能是他从小到大，性格放荡不羁的缘故。但是我相信他本性纯良。我从来就没想过和他争什么，我一心只希望他幸福快乐！"

灵树上神继续语重心长地说："对一个人好是没错的，但想要了解究竟如何真正地对一个人好则是一个复杂而漫长的过程。未来的路还很长，你还需细心领悟，回去好好想想吧！"

天生向着灵树上神跪拜，说："感谢上尊指引！"

第三章

# 心魔夺魄

天生回到居所后，细心回想着灵树上神的一番话，似乎明白了什么，似乎又并没有想通。这无比纠结的感觉让他辗转难眠。于是，他就在屋门前的空地上开始修炼“魂天心法”，用以调解心魄之忧。魂天心法：无离贪嗔，能证人空，不拘五蕴，不受法色，不垢不净，是以魂归天，心源法，破烦恼，除心魔。

天生双腿屈盘，双手交叠胸前，闭目调息。在他交叠的双手之间有一红一白两股圆形气流相互交替环绕。红色气流代表“心经”，白色气流代表“魄经”。

但此时此刻，心气郁结的天生并没有将心情彻底平复。魂天心法虽可以破烦恼除心魔，但那是在修炼者本人心境平和且不受外力干扰的前提下。天生修炼心绪不宁的恶果终于导致红心和白魄达不到均衡互补，心经开始像黑夜覆盖白昼般一点一点地吞噬着魄经。

天生的嘴唇开始慢慢发紫，眼白被红血丝渐渐侵占，本是纯黑色的头发发端也开始有白发忽隐忽现。

恰巧这时，云雀仙子受女娲之命前来暗访天生和云生。当她来到天生居所时，映入眼帘的便是外貌出现异象，已经走火入魔的天生。

云雀仙子明白，倘若不以外力对天生加以疏导，就会使心经蚕食魄经，天生这一身功法最终会散去不说，甚至可能就此身陨道消。此等情况刻不容缓，于是，云雀仙子立刻现出真身为其护法。

云雀仙子的真身本就是天界一只普通的云雀，然而她一心向道，跟随着女娲神尊修炼，是以成为了女娲神尊的接引使者。云雀的本体天生娇小，然而云雀仙子修炼过后显现的真身却比云凤的体形还要庞大。

云雀仙子先是从口中吐出护体灵珠，莫要小瞧了这护体灵珠，云雀仙子一身修为都在这护体灵珠之上。然后，云雀仙子将灵珠收入左手心，轻轻一吹，灵珠之中便飘出一张雾状丝网。

随着云雀仙子一声“雾散网心一线牵”，雾状丝网的每个结点开始快速扩张，扩张后就按照天生的体形形成了一个人形，随后缓缓收拢。雾状丝网直接穿过了天生的外衣，贴在了他滑嫩透白的肌肤上，随即紧紧地包裹住天生的身体。

云雀仙子手中法印变换，灵珠灵气散出。云雀仙子这是要用灵珠之内磅礴的灵气来阻隔天生因走火入魔而产生的逆修之气！

过了不多时，天生的眼睛和头发经过了云雀仙子的灵力调理之后才开始慢慢地恢复到未修炼之前的模样——如瀑的黑发和灵动而充满正气的双眸。

虽然避免了真正意义上的走火入魔，但这毕竟不是天生自身功法运行的结果，而是通过外力辅助得来的。功法已破，心血便出。破功后，天生感到喉头一甜，一口鲜血便从口中喷出。鲜血落地，形成了一个“情”字。血色“情”字温度颇高，丝丝白烟从鲜血表面升起。天生看着眼前这个若隐若现的血色“情”字，不禁黯然神伤，回想起了他和云生的过往。

当他正准备用手去触碰这个“情”字之时，却不想这血色“情”字如天边流星般稍纵即逝。无可奈何的天生，只得摇了摇头，一声长叹，两行泪水不受控制地从眼眶之中落下。这“情”又有谁能理解，又有谁能说得清呢？

为情所困、为情所伤的天生并没有注意到自己的身旁还站着一个人。当他擦拭了鲜血和泪水之后，才发现身边还有一个人存在，而此人正是娲皇宫的接引使者——云雀仙子。

云雀仙子看着满脸憔悴的天生，心中不免一阵心疼，眉头微蹙却又轻声细语地说：“你刚才走火入魔了，要不是我及时赶到，你之前所有的修为就会全部散尽！功法修炼之时，最忌讳的就是心绪不宁。给你一个忠告，之后练功的时候，尽可能只用一半灵珠之力来修炼，另一半作为外力灵气支撑自己。这样一来，修炼之中出现差错，可以将内功外散，也就不至于走火入魔了！”

天生用憔悴的眼神看着云雀仙子，他本想站起来作揖答谢，却毫无力气地瘫软着身子，如同一个泥人刚淋过了一场大雨，眼看就要融化为一摊泥水一般。

眼见天生如此虚弱，云雀仙子连忙将手按在天生的肩膀上，丝毫不介意天生身上的汗水。云雀仙子继续说：“无须多言，身体要紧。让我先帮你调理一下心魄，现在你的心魄依然处于紊乱失衡的状态，若不及时调理，定会在你体内留下隐患，甚至极有可能影响到你之后的修炼道路！”

天生强挣扎着提起精神，气若游丝般地说：“感谢仙子救命之恩！”

听到“仙子”这略显生分的称呼，云雀仙子先是微微怔了一下，随后佯装有些生气，淡淡地说：“刚跟你说了现在不要说话，你这人还真是不听劝告！还有，以后不要叫我仙子，我有名字，我叫‘白羽’。现在你千万不要再动用心力，我要先封住你的心经，帮你调理。倘若你还是不听劝告再动用心力，极有可能性命不保！”

天生闻言，也无法反驳，毕竟白羽是自己的救命恩人。于是看着白羽姣美的面庞，轻轻地点了点头。

白羽说罢，盘腿坐于天生身后，将左手放在天生的头顶，“通心化魄，驱梦宁神”。

这时，一根赤红色脉络从白羽手臂末端直通手背，在手腕处分裂成无数条微细脉络，这些细微脉络通过她的手掌散发功力到达天生的头顶，又沿着天生的头顶开始舒展到他的全身。

现在的天生就像透明人一般，周身只有脉络显现。当赤红脉络通透天生全身之后，汇聚到他心脏心经的位置之时，每一条赤红色脉络开始被天生的心脏慢慢稀释。当天生的心脏完全稀释这些赤红色脉络后，白羽开始用右手的食指和中指在天生的背部书写读魄咒的咒文。

咒文写罢，天生的背部散发出赤白色的光芒，这光芒按照读魄咒的笔画又速写了一次之后，就在天生的头顶形成了白色“符文光罩”环绕着天生。符文光罩从上到下、从左到右在天生周身环绕三个周天，白羽用右手食指轻轻地将这光罩一弹，光罩就迅速合成一个赤白光点直冲天生的眉心。

白羽开口吟唱“清心谣”：“心儿心儿归，魄儿魄儿归，一心一魄永相随。”

这时，天生的神色开始有所好转。气色好转后的天生正想开口说话，却想起了刚刚白羽的嗔怪，张口还未发出声音之时，白羽抢先说：“切莫言语，还有最后一个环节才算大功告成！屏气凝神，跟随我的引导。”

天生听罢点点头，而白羽则从左袖之中拿出一个小瓶子。这瓶子很精美，瓶身为淡蓝色，瓶盖之上的图案乃是一只云雀衔着一片绿叶。白羽将瓶盖打开，灵气仙雾不停地往外冒着。

此时，白羽用牙齿咬破了自己的右手食指，将血液滴入瓶中。瓶子里的仙雾在融合了白羽的血液之后化为了气泡开始沸腾。当气泡越来越多，“咕嘟咕嘟”直响之时，白羽起身转到天生面前说：“不要迟疑，张嘴！”

天生闻言，乖乖地张开了嘴巴，喝下了这瓶混有白羽血液的仙药。这仙药果然名不虚传，天生在喝完后，脸色立马变得红润起来！

天生感受着自己逐渐恢复的身体，而白羽这时对天生微微一笑。向来拘谨正直的天生，此刻竟端详起白羽的模样来。

云雀仙子白羽，柳叶眉，丹凤眼，鹅蛋脸，肌肤若冰雪，绰约若处子，眉将柳而争绿，面共桃而竞红；耳朵上戴着两扇羽毛耳坠，蓬松的刘海沿上去的发型像两座小山谷连接在一起，在“左山谷”上插着一支云雀发簪，发簪上有一小串风铃，风铃随风摆动，轻铃“丁零零”作响；一身浅白色仙衣将白羽衬托得素美如画！

天生就这样端详着白羽的容貌，一时之间竟然痴了。白羽看到眼前正在发呆的天生，便用手在他面前晃了晃，待得天生回过神来，白羽说：“你先别发呆啊！赶快试试你的修为是否恢复了，快！”

听到白羽的话，天生这才回过神来，羞红着脸对白羽说：“好的!”

在天生运功检查修为是否恢复的时候，白羽也开始细细地打量着眼前的天生：天生一身白袍，剑眉星目，明眸皓齿，在隆起的发髻上插着一支白龙簪，一举一动无不散发着仙郎的俊美。

就在白羽细细打量天生容貌之时，天生纵身一跃飞向半空，用霹雳风云掌连续劈开了几座云山。大呼一声“天龙引路”。霎时间，白龙簪之上的白龙一跃而出，随风变大，一条灵动的白龙在天生的身子周围绕了一圈后，伏在了他的脚下。

第四章

# 白羽遇险

天生此时披散着乌黑的长发站在白龙之上，这景象犹如罗汉擒龙、蛟龙跃海。刹那间，天生身骑白龙直冲云霄，又一个猛子从云端扎回原地。当他即将降落到白羽面前时，脚下白龙的速度越来越慢。天生飘然落地，发髻盘起，发簪斜插，白龙飞回了发簪，变为了发簪之上的雕刻。

天生犹如天神下凡一般翩翩而至，降落在白羽的面前，紧接着一躬到底，恭敬地说："现在的感觉比以前还要好！感谢白羽救治之恩！"

白羽被天生刚刚那一股帅气震撼了，白云白龙一袭白衣，看得白羽目瞪口呆，脸上露出了犹如微醺般的红晕。

一向耿直的天生并没有注意到白羽不同以往的神态，自顾自地问："不知白羽今日为何会出现在我这里？"

白羽闻言，稳了稳心神，恢复了正常，解释道："事情是这样的。女娲神尊派我云游天界，恰巧我第一站选择了你这里，发现了你走火入魔，不然就真的麻烦了！"

其实，在天生和云生离开娲皇宫的时候，女娲神尊就下了命令，派云雀仙子白羽暗中探访天生和云生的日常行为。然而，白羽自然不能将实话全盘托出，这才撒了一个善意的谎言。

耿直的天生也没有多想，微笑着说："原来如此，好一个'恰巧'！若不是你及时出手相救，我想现在我早已心智大乱疯魔无度了，请受我一拜！"

白羽急忙伸手相搀，说："你……你千万别这样，折煞我也！我想，当务之急就是要先好好磨炼你的心智，因为我刚才在为你调理心魄之时，发现你的心脉有异象，心智不宁的人是担不起大任的！无论天界还是人间，管理者必须有强大的心智才行。好了，今天就聊到这儿，我还要去看看云生在忙些什么。你再好好调养一下身体，我走了！"

说时迟那时快，白羽俏身一转，化为一只轻盈的云雀飞远。天生望着越飞越远的白羽，心中暗生爱慕之情，心想：白羽心怀善念，又救我于水火之中，着实是一位超凡脱俗的仙子！

而此时，云生正在自个儿的屋里吃着刚摘来的仙果，嘴里还哼着不成调的小曲儿："天逍遥，梦逍遥，梦里梦外乐陶陶；梦逍遥，心逍遥，快活今朝。"

白羽扑棱着翅膀，透过窗子看着屋子里的云生，心想：他眉尾上挑，虽说也是一位样貌俊美的仙郎，但是怎么看都透着一股子邪劲儿，他那身黑衣，还有发髻上盘着那条黑蛇，再加上他那一日在娲皇宫门前轻佻的态度和言语，这家伙绝非善类！

白羽听着云生唱的小曲儿，心里有种说不出来的厌恶感。随后她扑棱着翅膀正准备飞回娲皇宫，却不料被云生发现。

云生一个腾云跨步蹿出窗外一把抓住了白羽的本体云雀。云生对着白羽坏笑着说："原来是你啊，我的云雀仙子姐姐！怎么你今天得空来我这里？是不是想我了？哈哈哈！"

白羽此时想挣脱云生的手，却不料被云生那巨大的手劲狠狠握在手心。

白羽挣扎着大叫："你快放开我！放手，放手啊！你这登徒子！好生没有礼貌！"

云生丝毫没有理会云雀仙子白羽的责骂，反而嬉皮笑脸地说："你说放我就放，岂不是丢了我的面子？正好我现在一个人闲得发慌，今天你来了，就陪我解解闷吧！呵呵，休想离开这里！"

任凭白羽如何挣扎，都无法挣脱云生那如牢笼般的大手！

说来也奇怪，天生就好像和白羽心有灵犀一样，就在白羽落难的瞬间，天生便预感到了白羽的危险。天生似乎早就料到了白羽会在云生那里被刁难，于是脚驾祥云，乘风而来。

果不其然，一切正如天生预料的那样，白羽落入了云生的手中。

云生正在戏谑白羽之时，天生飞速赶到，厉声说："你快放了白羽，不要刁难她！"

眼见天生来到自己的居所，云生并没有很惊讶，只是冷眼瞥了天生一下，满脸不屑地说："哦，原来这只小云雀叫白羽啊！呵呵，名字倒是挺好听！可是天生啊，你以为你是谁？你又以为你是她的谁？她的事也由你来管？你未免也管得太宽了吧！莫非，你们之间有奸情？"

"你这登徒子休要胡说。"白羽听闻此言，都要急出眼泪了，她何时受过这等侮辱，更可恨的是这无耻的家伙竟然连带着自己的哥哥一起侮辱，“我和天生清清白白，你莫要血口喷人!”

“哦？说着说着还急了，”云生嘴角又挂上了一抹邪笑，握着白羽本体的手又加重了几分力气，白羽疼得直接晕了过去，“不要着急嘛！着急了就一点也不可爱了。”

天生心中虽然愤怒，但仍旧是一副兄长的姿态，语重心长地对云生说：“云生，你不能这样，你这样子做成何体统？白羽是仙子，你将她握在手中算是怎么一回事？再怎么说我们也同样生活在天界，有过一面之缘。白羽还是娲皇宫的接引使者。你这样做，倘若被女娲神尊知晓了，铁定会被责罚，还不快放了白羽!”

云生恶狠狠地看着天生，睚眦欲裂，对着天生号叫：“一口一个白羽，叫得够亲热的啊！现在你说你们之间没有暧昧关系我都不信了！让我放开她？你算老几啊你！我是看得起你，才叫你一声哥哥。识相的话，赶紧滚，有多远滚多远；如果你不识相，执意要救她，那休怪我不客气!”

云生一次次挑战着天生的心理底线，本该出离愤怒的天生此刻强压抑着自己的脾气继续说：“云生，你不要这样中伤我们之间的兄弟情。我和你同修万年，你的心，我还是很了解的，你本性不坏，可能是因为有些偏执，才会导致现在这样。你说对我不客气，我可以忍，但你知道的，你根本就不是我的对手。为兄念你这次是初犯，我可以原谅你，你先放了白羽再说!”

云生嘿嘿一笑，对天生说：“想要我放了她？可以啊！就看你有没有那个本事了!”

说罢，云生发髻上的黑蛇伺机跃下，云生脚踏黑蛇手握白羽飞向空中。天生见状，也拔下头上的白龙簪朝空中一抛，身骑白龙紧随云生之后。一龙一蛇，一白一黑，穿梭在云层之间。看这样子，天生和云生要在这里一决高下。

黑蛇藏匿云层中，白龙就口吐狂风将云层吹散；黑蛇趁白龙不备吐出一股黑烟，这黑烟连云朵都可以腐蚀，而白龙则召集了诸多雷云，紫色的雷霆直直劈向黑烟，黑烟顿时散去；黑蛇猛地转身从白龙身下穿过，白龙就一个神龙摆尾，亮出一口如同钢刀般的龙牙咬住黑蛇，黑蛇再反身用粗壮的身子紧紧地缠绕白龙。

天生和云生分别站在白龙和黑蛇的头部指挥着各自的坐骑，龙与蛇在半空之中你来我往，撕咬在一起。

正当白龙和黑蛇打得难解难分之时，天生猛然从白龙头上跳下，直线腾空，冲向云生所在的位置。云生根本没有想到天生有这个胆子敢直接冲到自己面前，所以也就没有做好准备。天生腾空而来的庞大的气浪直接撞向了云生，云生一个躲闪不及就从黑蛇上摔了下去。就在云生即将掉落地面的瞬间，天生呼唤祥云将云生架起，云生这才安全地降落在祥云之上。却不料，云生没有丝毫的迟疑，他深知单打独斗根本不是天生的对手，于是转身掉头脚驾祥云匆匆逃离。

黑蛇眼见主人越飞越远，就停止了和白龙之间的撕咬，追随云生飞去的方向。白龙自然不肯就此放过黑蛇，当白龙正想乘胜追击之时，却被天生叫住，白龙只得飞回发髻，化作了发簪之上的雕刻。

云生在第一时间逃走，天生也紧随其后，乘着另一朵祥云追赶云生。云生左躲右闪，翻越了灵山，穿过了云海，但仍旧没办法甩掉身后的天生。正当云生一筹莫展之际，他忽然想起了一个地方，那里是一座花园，名叫“天食花花园”，花园之中的天食花专门猎食仙体。云生曾误打误撞去过那里，还在不经意间将自己鲜血洒在了天食花的根部。天食花吸收了云生的鲜血，竟然不会主动攻击他，甚至对他还有了亲昵之感。那之后的一段时间，云生便用自己的血喂养天食花，也就有了抵抗天食花猎食仙体的能力。

想到这里，云生猛地加速，随后又左转右拐。天生以为云生又在尝试着甩掉自己，却不承想这其实是云生的诱导，引诱着他朝天食花花园的方向飞去。

当天生进入天食花花园之后，眼前便失去了云生的踪影。地形复杂的天食花花园可不像天界的其他地方那样放眼望去便一览无余。而云生，则找了一处藏身之地静观其变。

第五章

# 天食花魁

天生第一次来到这座奇异的天食花花园，这里异常安静，空中飘散着阵阵异香。眼前的景象让天生心生警觉，虽然天生实力高强，但天界有太多太多能够让他丧命的地方。所谓事出反常必有妖，天生一进入这个花园就觉得事有蹊跷。于是，他放慢了脚步，一切行动都格外小心。

然而，百密一疏，天生的祥云不小心触碰到了一株天食花。那刚刚还静默无声的天食花突然张开血盆大口扑向天生。突然出现的情景吓了天生一跳，天生一个踉跄，差点儿从祥云掉落天食花的口中。不过，好在天生反应灵敏，天食花扑了个空，并没有直接咬到天生的身子。而并不死心的天食花立刻发动了第二次攻击，结果这一次，天食花一口就吞进了半朵祥云。

此刻，天生才深深地感受到这天食花具有强大的毁仙之力，于是，更加小心翼翼地驾着仅剩下的半朵祥云在花园中慢慢飞行着！

仅剩的半片祥云让天生在空中的飞行变得踉踉跄跄。这并不完全受天生控制的飞行使得天食花时不时张开血盆大口向着天生袭来。

躲藏在暗处的云生将这一切看个满眼，他心中窃喜：你不是很有本事吗，你倒是飞啊，还想跟我斗，门儿都没有！就你，哼，省省吧，看你怎么躲得过这天不怕地不怕，就怕吃不了你的天食花！

眼看着天生仅剩下半朵祥云，而这半朵祥云也被天食花左一口右一口吞食得所剩无几。天生站在祥云上的位置也就越来越有限，从刚开始随意站立的大空间到现在仅剩下双脚并排的狭小空间。

手足无措的天生顿时脑海中灵光一现，他好像想起了什么似的重重地拍了一下脑门，自言自语道："我怎么如此不知变通？怎么在这个关键的时刻忘记了我的白龙呢？"

想到这里，天生就随手将发髻上的白龙簪拔了出来，向半空用力一抛，白龙簪随风越变越大，一条白龙从空中呼啸而来。

这白龙簪显化的巨大白龙正是灵力的集合体，如此庞大的灵力集合体对于天食花来说，无异于满汉全席。天食花们本能地感受到空中体积庞大的灵力集合体，真真的诱人，一个个像是几百年没吃过东西一般拼了命地朝半空挣扎，如果不是扎根太深，它们都快拔根而起了。

刚刚还身处高空的白龙突然从空中向着地面的天食花猛地扑了下来，天食花们看着白龙向自己飞来，全都高兴地张开大嘴，像一个个嗷嗷待哺的雏鸟般，摇动着枝叶发出"吱吱"的兴奋的叫声。

谁知白龙用它巨大的龙爪一把抓起了众多天食花的其中一株，使劲往上一拔。这株被连根拔起的天食花疼得发出"吱吱吱"的尖叫声，那刺耳的声响就像金铁摩擦发出的声响。天生赶

天生
琉璃岁月再往生。
断臂剔骨终无言，

断臂剔骨终无言
佳人玉殒魂回还
望凡石畔醉舞剑
天如罗盘地似城

琉璃岁月再往生
兄弟阋墙怎谈胜
忘川河源笑闻笙
梦随白龙心为灯

忙捂住耳朵，可是那叫声仿佛可以穿透耳膜一般，捂住耳朵竟然没有丝毫作用。

白龙继续神龙甩尾扫向另一株天食花，这株天食花虽然并没有开启灵智，但它好像有警觉似的，依靠着求生的本能，在白龙的尾巴甩过来的瞬间，一个深蹲竟然躲过了龙尾。

白龙一看这天食花竟然会闪躲，便将龙尾抬起，从上到下狠狠地一拍，“啪”的一声巨响，将这株天食花拍成了肉泥。

其他天食花一看那两株花的惨状，就开始像热锅上的蚂蚁一般仓皇而逃。白龙见状立刻追击，龙尾胡乱拍打，每次拍打便会有一株天食花被拍成肉泥。

天生对白龙喊道：“白龙好样的！将这些怪花全部毁灭，不能让这等妖物在玄天之上为非作歹！”

云生看着眼前正在发生的一切，心想：看样子不妙，要是继续这样下去的话，这些天食花估计没多久就会全部被白龙拍成花泥了，我要想想办法才行！

云生忽然想起了初到天食花花园的经历：误打误撞进入天食花花园时，云生在花园的入口处发现了一个被荒草遮盖了大半的石碑，石碑之上刻有晦涩难懂的碑文，但像云生这等本体是天地奇物的天界之人从诞生灵智起就自然而然可以读懂这些字，碑文上面写着“欲控此园，必先找到花魁，让其吸食掌心精血，方可控制花魁，进而打开天食花阵”。

天生一直注意着自己的白龙和天食花的战斗，根本就没有发现云生的存在。而云生正左右观望寻找着花魁的所在之处，想来这花魁是不太可能那么容易就找到的，要不然每个来到天食花花园的人就都可以控制这里了。然而，也许是天食花花园本就和云生有缘，就在云生四处寻找花魁线索的时候，忽然发现有一株小天食花一路“吧唧吧唧”地蹦蹦跳跳着小跑。云生定睛一看，发现这小天食花并不是漫无目的地跑，它的跑动十分有规律，似乎是在遵循着什么阵法一般，就连跑的步子都是向前三步然后退后两步。

云生的直觉告诉他，这小天食花肯定和花魁有着密不可分的关系。于是，云生随着小天食花前进的路线放眼望去，在距离小天食花不到千米的地方有一个凹形天坑，天坑之中有蔓藤向外蔓延着，每一条蔓藤都连接着周围天食花的根茎。

云生觉得此处定有蹊跷，这所有的天食花似乎都是从这个天坑之中生长出来的。于是，云生趁白龙大战天食花之时，就用“移行法”缩地成寸，迅速到达了天坑外缘。当他来到天坑边沿处，往里一看，嚯，原来此处别有洞天。

巨大的凹形天坑内有一株高约百米的巨型天食花花树，花树上有无数朵粉红色花苞，在每一朵粉色花苞旁都生长着五片黄金叶，黄金叶子闪烁着金灿灿的光芒。

云生心想：这应该就是碑文上所说的“花魁”了，因为这座花园再没有比这株天食花更美更壮观的了，其他的天食花只能说是花，而这株天食花已是花树，从形状和大小上就已分别开来。

云生正在端详这壮美景观，此时，那株小天食花才“吧唧吧唧”地跑到这里，停住身子看了一眼云生，似乎很感兴趣却又有些敌意，但并没有做过多的停留，随即一个纵身跳下了天坑。当小天食花落到一朵巨型花苞上后，便开始对着花苞窃窃私语，似乎在说着什么重要的事情。

当小天食花说完后，巨大的花魁身上的所有粉红色花苞一瞬间怒放，每一朵花都露出两排锋利的利齿，粉红色的花朵就像野兽般疯狂地咆哮着，那咆哮声震天震地，这样的场面着实可怕而诡异。

远处的天生也听到了这巨大的怒吼，向来谨慎的天生并不打算前去探查，而且单单对付这里的诸多天食花已经让他手忙脚乱，他可不想再节外生枝。虽说暂时没有找到云生和白羽的身影，但云生的气息就在这天食花花园之内。于是，天生便打算慢慢寻找，以云生的性格，自然暂时不会逃出这个对他来说是个极好的藏身之处。

云生先将白羽的本体用捆仙绳绑好挂在腰间，随后就立刻将掌心划破，用灵力将掌心精血逼出，洒在了花苞和叶面上。精血刚刚沾到花苞和叶面之上，巨大的天食花花树便像饿狼扑食般吮吸着每一滴来自云生的精血。当掌心精血完全被天食花花树吸收后，粉红色的花朵瞬间变成了“血色狂花”，那血红色与刚刚的粉红色完全不同。

小天食花此时对云生已经没有了任何敌意，它萌萌地看着云生，就像看到了世上至亲至近之人一般，小屁股一扭一扭地拽着蔓藤朝着云生爬了过来。

当小天食花爬到云生的面前时，两条小短腿一使劲就跳到了云生的左肩膀上，用它毛茸茸的花冠在云生的脖颈上蹭来蹭去，就像幼猫向铲屎官撒娇那般可爱。

这时，天食花花树的叶子和花朵开始疯狂地向花树的主干处聚合，当叶子和花朵完全聚合后，一朵巨型的血红色花苞便呈现在了云生的面前。花苞缓缓盛开，巨型的花苞之中包裹的并不是一个美丽的花仙子，而是一个面目狰狞的怪物。这怪物身高百米，眼睛像两个巨大的红灯笼，张开的巨口中长满倒三角形的利齿，身上缠绕着蔓藤和黄金叶。没错，这怪物就是天食花花树之魁——花魁。

第六章

# 三色锦囊

“花魁”的眼神移到了眼前的云生身上，巨大的身躯半跪在天坑中对云生说：“感谢主人解开我的封印，我愿为主人效犬马之劳，粉身碎骨，万死不辞！”

云生打量着眼前巨大无比的怪物花魁，以这家伙的实力，自己都没有十足的把握打败他。如此强大的实力怎么可能被封印在天界这天食花花园之中呢？

云生好奇地问花魁：“以你的实力，怎么会被封印在这里的？”

花魁解释道：“回禀主人，我本是天界一朵修行万年的上古灵花，因修炼期间走火入魔误食了上古天鸟，才被上古之神封印于此。”

云生又问：“既然你被封印了，怎么这花园还会有隐藏的解印碑文？”

花魁答道："在被封印的瞬间，我将部分灵源封存在碑文之上，待上古之神远离后，这石碑之上自然而然就会显现解封之文，只等有缘人将我解封！"

云生哈哈大笑，说："原来你就是传说中的留一手啊，哈哈哈！"

花魁不知怎么接话，只能赔笑。

云生继续问："外面那些大大小小的天食花是不是都是你的灵源所变？"

花魁回答："正如主人所言，这些天食花都算是我的徒子徒孙！"

云生眼珠一转，眼神瞬间变得凌厉起来，说："既然我让你复活了，那我就是你的主人。你也看到了，现在你的子子孙孙正在被白龙肆意虐杀，那白龙的主人名叫天生，正是他指使着白龙践踏你的后代子孙。你是不是该用你的真本事替他们报仇雪恨呢？"

花魁听言，怒从心中起，恶向胆边生，目露凶光，恭敬地对云生说："请主人下令，我的命是您所救，愿听主人调遣！"

云生一声令下，说："花魁听令，现在我命你消灭白龙和它的主人，不得有误！"

花魁回了一声"得令"之后，口中念念有声："花与花，叶与叶，来自我身，听之我命。"

天食花们听到了来自血脉的号令，你追我赶似的朝着花魁跑来，跑到花魁的面前后就纷纷化作灵源附上花魁之身。

云生肩膀上的小天食花好像在数数一样，点着头，用它可爱的手指头数着一个一个变成灵源的天食花。

云生看到小天食花呆呆萌萌的模样，就笑着说："你真可爱！这样吧，以后我就叫你'云葵'，和我同姓，单名一个'葵'字。希望你能给我带来好运，以后你就跟着我，当我的小可爱吧！"

云葵好像听得懂云生的话，冲着云生点点头，在云生的左肩膀和右肩膀之间跳来跳去。

云生又对云葵说："还有就是，你虽然可爱，但是长得太丑了。不过这也不怪你，谁叫你们的花魁老祖宗长成了那个德行。我要给你变个模样！"

云葵听罢，露出锋利的牙齿看着云生，嘻嘻地笑着，这模样不知该说可怕还是该说可爱。

云生转了转眼珠，心中暗想：以前我听其他上神说过，用仙衣包裹灵体再配合"百变诀"就可以让灵体变成自己想要的模样了，不妨一试。

随后，云生将穿在自己身上的仙衣脱下，对着云葵说："云葵，你快钻进我的仙衣，让我给你变一个俏模样出来！"

乖巧的云葵一摇一摆地走进了云生的仙衣之中。云生将云葵包裹在仙衣里之后，口中默念百变诀："天地万物，转一转，我心我梦，变一变。"

随着百变诀的声音和灵力流转，仙衣之中发出了奇异的光彩，异彩中不停地有各式各样灵物的影子变换着。云生掐诀念咒，倒数着："三、二、一，变！"

云生打开了仙衣，本来样貌丑陋的云葵竟然变成了一个黑色小绒球，两个小眼睛骨碌骨碌地转着，非常可爱。云葵一弹一弹地跳出来后，蹦到云生的手心上，冲云生萌萌地笑着。

云生右手在空中一划，空中的水汽便凝结出了一面冰镜，云生将这面冰镜的镜面给云葵看，说："云葵，你看冰镜之中的你，现在又呆又萌的样子，多好看！"

云葵露出洁白的牙齿嘿嘿地笑着，在云生的手心里滚来滚去！

天生那边，白龙还在追赶着其他天食花，但是天食花们突然从鸟兽状逃散变为了有秩序地朝着花魁跑去。天生见状，心生警觉，心中暗道不妙，就冲着白龙大喊了一声：“白龙，速速归来！”

白龙听到天生的召唤之后就迅速掉转龙头飞回天生身边。天生站在龙头之上，看着远处天食花群奔跑的方向，这才看到了站立在天坑内的巨型花魁。

天生心里琢磨着：原来这就是它们的头领，看这个样子修为应该有万年以上，虽说没有十足的把握，但我还要想办法灭了它才行，这等毒物在天界为非作歹，非得引起什么祸事。

于是，天生脚踏白龙飞入高空，正飞到花魁的头顶上方的位置。随后，天生和白龙从花魁的头顶往下俯冲攻击，想要达到出其不意攻其不备的效果。

然而，正当白龙要全力攻击之时，刹那间被一团紫色云层挡住。天生无奈，这紫色云层来得太过蹊跷，不想办法解决它，根本无法继续攻击。于是，天生命白龙停下来，定格在半空之中，想让白龙用“苍龙飓风”将紫云吹开。

说也奇怪，白龙从口中吹出的飓风对这片紫云层毫无效果，如同蚍蜉撼大树一般，眼见如此，可就难住了天生。

天生站在龙头上仔细端详着紫云层，想要看出一些端倪，更想发现一些破绽。天生心想：不能轻易让白龙深入紫云层，万一那怪物在云层中使诈，白龙必定不可能躲过那怪物的攻击，到时候可就不妙了。

天生眉头紧锁，在龙头上来回踱步，抓耳挠腮的他始终想不到妙招，心里像被猫挠了一样。可是着急归着急，总要想出一个解决办法才行，不然那怪物一定会瞅准时机攻击过来。

此时，花魁正在紫云层下施法布阵，想要将天生和白龙一举歼灭。花魁用力一抖将刚才汇集的一小部分灵源在脚下摆成了“五星阵”，随后便踏入五星阵中开始施法。花魁先将身上的一片黄金叶取下放在掌心，随后念起了“魁刺咒”：“黄金叶，为我开，黄金刺，为我来!”

花魁话音刚落，这片黄金叶就从它的手中飞了出去，一片分裂成两片，两片分裂成四片，四片分裂成八片……就这样分裂成了无数片黄金叶飞向紫云层。

随着花魁一声“云中刺，发动”，黄金叶变成了无数根黄金刺冲出了紫云层，直刺刺地冲着天生和白龙而去。

天生正在踌躇之时，耳中听到了破风之声，还没来得及反应，脚下的白龙猛的一下转身向空中冲去。天生差点儿摔了出去，幸好他一只手握着龙犄角。也幸好白龙开启了灵智，能够主动行动，不然天生一定会被数以万计的黄金刺刺中，变成一个筛子。

云生腰间的白羽苏醒过来，看到了身处危险的天生，于是，奋力挣扎想要挣脱捆仙绳去帮天生渡过此劫。可是，捆仙绳也不是徒有虚名的，一切仙体灵体在捆仙绳的束缚之下都休想逃走。

但是，面对天生的危局，白羽并非无能。只因为，白羽有一个三色锦囊，这三个锦囊会在最危急的时刻帮她渡过难关，于是她……

第七章

# 金蝉脱壳

花魁的黄金刺不停向空中狂射，一排排黄金刺犹如千军万马般横扫着云端，经过的白云都被刺成了凌乱不堪的金黄色散雾，放眼望去就像是一片黄灿灿的云海！

天生骑在白龙头上，白龙带着天生左闪右躲。由于紫云层的遮挡，天生根本不知道这些黄金刺到底来自何方，这样一直躲闪下去也不是个事。于是，他便想用“元天目”看看这黄金刺到底是什么来头。天生口中念念有声：“天目，天目，为我探路。”

随着咒语念出，一双巨大的眼睛出现在紫云层的上空。“元天目”并没有什么杀伤力，但它却是瞳术之中观察能力数一数二的。“元天目”显化出的这双眼睛就像放大镜般仔细地观察着黄金刺：刺身黄金色，约食指长，刺尖呈黑色，这黑中带紫的颜色很明显藏有剧毒，一旦触碰后果不堪设想；刺尾有一个绿色的圆点，圆点上刻有类似符咒一样的图腾。

天生只是用元天目看到了黄金刺的外观，却不知这利刺一旦触碰不但会毁了他的修为还会要了他的命。

天界神奇之物众多，危险之物更多。黄金刺的厉害之处远远在天生的理解范畴之外，因为这黄金刺是由花魁身上的黄金叶所变，每一根利刺吸取了黄金叶沉睡万年的汁液怨气，黑色刺头里藏有天食花的花毒，尾部的图腾是蔓藤的吸食之蛊，再配合“魁刺咒”，可谓是顶级的毒法阵仗。

一旦被刺中，便会有“听毒”“闻毒”“看毒”三种毒素瞬间注入被刺中之人的体内，这三种毒会让被刺中者在听觉、嗅觉、视觉上分别出现最痛苦的幻境。幻境中，被刺中者的耳朵会被利器切割，鼻子会闻到最恶臭的瘴气，眼睛被千针刺穿，当三毒达到最高值之时就会融为“毒中毒”，被刺中者便会出现万蚁噬心之感，最终被活活折磨致死。

正当天生用元天目仔细观察之时，白羽也正想方设法从云生手中挣脱。她原本想使用三色锦囊，可是这三个锦囊是真真的至宝，不到万不得已不能使用。三色锦囊是她多年之前在凡间行善时偶遇的一位上神所赠之法器，三色锦囊虽好，可是一旦打开就会和她的生命和修为息息相关。

这三色锦囊为红、白、蓝三色：红色锦囊为救命囊，此囊可保命，但保命的同时会让使用者在三年之内面容溃烂，遭受毁容之苦；白色锦囊为脱壳囊，此囊可帮助使用者在危难之时演化出一具虚壳，让真身利用虚壳逃离困境，但逃脱之时会让使用者损耗一半修为；蓝色锦囊为伏魔囊，此囊会利用蓝火神力将敌人消灭，但蓝火神力太大，无法被完全掌控，因此，蓝色锦囊一旦被打开，使用者和敌人一样会灰飞烟灭。

三色锦囊的副作用着实让白羽左右为难，但是她现在必须要下决心，毕竟，自己和天生的性命都危在旦夕。要么等天生来救自己，现在自己就乖乖地待着，什么都不做；要么就打开锦囊，和天生联手一起对付花魁。

可是，如果傻傻地等天生来救自己，让天生只身犯险，她白羽又于心何忍？如果打开锦囊，就必须冒着损伤万年修为甚至丢了性命的险，这样做真的值得吗？

白羽一边奋力挣扎一边反复思考，挣扎时，不时有白色羽毛飘然而落。刹那间，白羽翎毛振抖，眼前一亮，她似乎下定了决心——打开这三色锦囊其中的一个。

于是，白羽开始用“内翅之手”挣脱捆仙绳的束缚，再一点一点缓慢地解开白色锦囊的云丝线。当白色锦囊被打开后，一条透明的雾丝开始在白羽的身上一圈一圈地缠绕着，当雾丝完全包裹住云雀之身，白羽就有了真身和虚身两层影像。倘若遇见其他危险，白羽大可以将虚身留下，真身逃走。然而，捆仙绳的可怕之处就在于，真身根本无法逃脱。因此，白羽选择了更为冒险的办法。白羽的真身依然绑在云生的腰间，而元神则进入了虚身，得以逃脱。

当白羽利用虚身经过黄金刺阵仗时，她竟然毫发无损。原来，她的虚身现在是元神出窍的状态，物理攻击根本奈何不了她。于是，白羽毫不费力地就穿越了黄金刺阵仗。

白羽来到天生身边后，天生并没有觉察，一心钻研如何对付黄金刺的他，根本就不会料到白羽会采用如此冒险的做法。

正当天生还在抓耳挠腮苦思冥想之时，白羽悄悄地在天生的耳边说：“喂，你是不是还在想如何对付这黄金刺大阵？都什么时候了，快别想了，再想那花魁就找上门来了。既然看不破紫云层，也看不透黄金刺，那我们不如联手作战，主动出击!”

天生“啊”的一声惊叫，似乎是被空气中的声音吓到了。白羽就“嘘”了一声，说：“我是白羽，小声点儿，我用了脱壳术逃出了云生之手，现在是以元神形态在你身边，你不要作声，否则会被他们发现!”

闻言，天生这才缓过神来，白羽接着说：“你现在按照我所说的方法用心声和我对话，我们用元神交流，这样一来可以减少不必要的麻烦!”

天生点头“嗯”了一声，白羽继续说：“你先要跟我一起默念‘通心口诀’，等背会了口诀之后，再用右手的食指和中指点中心脏位置，打通心脉。要记住，我们要同时念，这样才能达到心灵相通，否则就会前功尽弃。口诀有点长，所以你一定要熟背，现在考验你的时刻到了！哦，对了，当我们心灵相通之后，你就可以看到我的虚身了!”

白羽附在天生的耳边读着口诀：“心通则意通，为通则通。心脉为方圆，唇语花开。捂耳不听为听，字由心生，心对心为控，无言有声，不语不闻不听，心心亦相通。”

天生天资聪慧，这“通心口诀”白羽只念了一遍，他就背得滚瓜烂熟。紧接着，对着空气中看不到的白羽小声说：“白羽，我背会了，可以开始了!”

白羽十分诧异地问：“这么快就背会了?”

要知道，“通心口诀”并不像乍一听上去那样通俗易懂，也并不像表面上看上去那么简单。两个心灵不相通的人，读“通心口诀”的每一个字都有很大难度，字会变得无比晦涩，音需要消耗巨大的灵力才能发出。

“嗯，这口诀并不难。”天生诚实地回答。

白羽知道，天生并没有骗她。一定是因为她跟天生本就心灵相通，这“通心口诀”才会如此简单地就被天生记住了。想到这里，白羽的俏脸竟然泛起了红晕。

稳了稳心神，白羽说：“那好，让我们开始!”

说罢，白羽和天生就一起在心里默读着“通心口诀”，当他们一字不差一齐读完口诀后，天生点通了心脉，这时一串符文便将两人的心神连接了起来。

心神世界无边无际。当白羽和天生心心相通之后，他们的灵魂分别乘坐着银盘出现在心神世界中的“虚无山”之上，而他们之间则由“心界断流”相隔。

## 第八章

# 虚身之体

白羽和天生用心语交流时，他们的灵魂会分别乘坐银盘开始在虚无山之上环绕旋转。当两人的银盘到达山顶之时，二人的心神世界便会分别出现一道心之光。两道心之光让心界断流的心水开始倒流，从而在山顶形成一片心海。这片心海，便是他们的灵魂利用心声对话的所在。

天生的真身和白羽的虚壳仍旧在紫云层之上，黄金刺的阵仗有所减弱。白羽此刻开始试着用心声和天生对话：“天生，天生，听到我用心声对你说的话了没？看到我了没？”

天生接收到了白羽的心声后就赶忙回答：“我听到了，我听到了，听得很清楚，但是我没看到你，你在哪里？”

白羽笑着说：“我就在你身后，你一转身就能看到我，但是你现在不要转身，不要让他们发现你有异样！”

天生不解地问："你怎么在我身后啊？怪不得我现在还看不到你！"

白羽解释道："我当然要在你身后，我和你用心声对话之时，你看前方，我看后方。谁知道等会儿你身后会不会有什么怪物出现？把后背交给对方，两个人两双眼睛，这样我们才能纵观敌情呀！笨死你算了！"

天生"嘿嘿"一笑，似乎在白羽面前，那个运筹帷幄实际强大的天生变成了一个幼稚的孩子，而天生意识到这一点的时候，竟然用"大智若愚"来安慰自己……

天生问："你刚才说的花魁是什么？这紫云层和黄金刺都是它搞的鬼吗？"

白羽接着说："之前我听到云生和那怪物之间的对话，那放射黄金刺的花魁本是上古灵物，因误食天鸟被囚禁于此，是云生用掌心精血为它解开了封印。所以，现在花魁被云生控制了，云生成了花魁的主人。想要解开这咒控，我想必须以血换血，才能克制！"

天生疑惑不解地问："以血换血？貌似这个阵仗还挺强大，要想进入这阵仗估计会很困难，再说即使进入了阵仗，想要接近那怪物更不是一件容易的事！所以，我们要从长计议！"

白羽说："笨蛋，哪里来的时间让我们从长计议？你的白龙不会累吗？现在能躲得开黄金刺，万一一会儿再来个白银刺、青铜刺什么的，还有力气躲开吗？你这个家伙，真的是死脑筋，不是还有我吗？刚才连你都没发现我，更别说那怪物了。再说了，我是从黄金刺阵中过来的，那阵中的利器是伤害不到我的，因为我现在是元神出窍的虚身之体。你小心不要被黄金刺刺中，且看本仙子如何解决他们！"

天生这才恍然大悟，但随即又眉头一皱，说："你的意思是你想去接近那怪物？这样不好，多危险啊！万一你有个闪失，我可怎么办？我们再想想其他办法吧！"

白羽一听这话就急了，对天生发起了小脾气。说来也怪，一向冷若冰霜的白羽在面对天生的时候却怎么也冷不起来。白羽说："你，你，你真气人！你个大男人，怎么这么磨磨叽叽的？你说你还有什么更好的办法可以用？现在那花魁怪物放出这么大的阵仗，铺天盖地的都是黄金刺，等会儿还说不定会有什么呢！我们要尽快以血换血，不然等会儿它再放出其他更厉害的法器和阵仗，连我都接近不了它，那我们今天就必死无疑了！"

天生左思右想，犹豫再三，最后说："那好吧，你说的这个方法可以一试。但是你一定要小心小心再小心，如果情况不妙就赶快逃，不用管我。我就算打不过那花魁怪物，也可以全身而退。我可不想你受一丁点儿伤害，要是你有事的话，我死一百次都难以偿还你的恩情！"

白羽听言，心中一暖，原本的决定更加坚定了。白羽调皮地说："你放心好了，一切自有安排。还有，你呀，以后不要在我面前说什么恩情或者感谢的话，要是你再这样，我发誓以后，不，是永远都不理你了！哼！"

天生微微点头"嗯"了一声，白羽接着说："快将你的精血给我，时间紧迫，我们分秒必争！"

于是，天生迅速割开掌心，用体内灵力将精血逼出，又用灵力制作了一个小球将精血包裹了起来。小球飘到白羽身边，白羽重新化为本体云雀的模样，用灵巧的小嘴将包裹着天生掌心精血的灵力小球一口叼住，说："这样就好，及时止血，此战结束，记得好生休养，精血对于每个先天生灵来说都很重要。你要注意你身后啊，我去了！”临走前，白羽还不忘叮嘱天生注意周围的情况，以免发生危险。说罢，白羽就冲进了黄金刺阵仗之中。

白羽穿过黄金刺阵仗，慢慢地潜入紫云层时，她飞行的速度很缓慢，因为她生怕在紫云层中有什么异变，灵力感知全开的她小心翼翼地观察着周围发生着的一切。

紫云层分为三层，每一层都有一个阵法守护着。最上层的紫云层，是由黄金叶铺成的黄金网，每一片黄金叶上贴着一张符文；中层的紫云层是由蔓藤编织成的百丈余宽的藤井，藤井不停向上层的云层输送着有着剧毒的黑色液体；最下层的紫云层则铺着一层云土，这层云土似乎和花魁的双脚连在一起，说是云土，倒不如说这云土其实就是花魁的一双巨型大脚。

白羽将她观察到的一切，都用心声分毫不差地说给了天生听。天生仔细分析了一下，用心声对白羽说：“我猜，这花魁应该是出自云土之物，我曾翻阅天界的诸多典籍，在浩瀚的书海中有这么一本天书，其中提及过这种上古灵物，说这种灵物来自云土，也就是说它们是‘仙云之土’灵变之后的产物，所以它摆出的阵法会将自己的双脚根深蒂固地连接在云土之中，一旦它们在作法之时双脚离开云土，本体便会走火入魔，阵法也会在瞬间分崩离析！”

白羽若有所思，继续对天生说：“怪不得这黄金刺阵仗这么厉害，原来是由三层不同的阵法组合成的法阵。现在，我去给那花魁怪物换血，让它从内部自我毁灭。你在上面要小心呀！”

天生说：“嗯，我这里已让白龙用灵力吐出‘云沙屏障’，暂时可以抵挡黄金刺阵仗。反倒是你，你现在是脱壳状态，灵力会比较虚弱，所以一定要量力而行！千万不要让自己的元神受到伤害。”

白羽的开心是溢于言表的，只不过此刻并不在她身边的天生，根本看不到这一幕。白羽“嗯”了一声后，就开始找机会接近花魁！

花魁此时伫立在云土之中，两只手呈举鼎模样，口中喷发着数以万计的黄金叶，鼻子中无数条蔓藤奔涌而出，黄金叶和蔓藤在离开花魁怪物的身体之后均匀地分散开来。

花魁的右手手心中有无数符咒正向空中喷撒，空中的每一片黄金叶都会被粘附上一张符文；左手手心中的黑色液体也不停地向空中喷射，当黑色液体落到蔓藤表面之时便被直接吸收，紧接着黑色液体在藤蔓内部滚动并被输送到该去的紫云层。

花魁的双脚之下分别有一个巨大无比的吸盘，那吸盘正在吸收着四面八方的云土。从这里不难判断，云土对于花魁来说就像是力量的源泉。云土被吸收得越多，法阵就会变得越强。

白羽这时飞到花魁身后，接近再接近更接近花魁，直到她几乎贴着花魁身子的那一刻，正想将口中包裹着天生的精血的灵力小球吐向花魁之时，她的身体好像突然被什么人狠狠地踹了一脚。

白羽猛地一下，跌落在云土之上！

第九章

# 血溅狂花

正当白羽要将口中包裹着天生精血的灵力小球吐向花魁之时，不料被什么东西狠狠地踹了一脚。白羽摔落在云土之上，包裹着天生精血的灵力小球也掉落在地。

白羽定睛一看，原来是云生收养的黑色小绒球——云葵。

云葵使出了吃奶的力气恶狠狠地撕咬着白羽的翅膀，撕咬时嘴里还发着“呼呼”的愤怒声音。

白羽心里嘀咕着：这小东西怎么可能看见我，莫非我的脱壳术失效了？不，根本没有可能失效，上神所赠之物不会有假。但是，为什么它能看到我呢？这究竟是为什么呢？

正当白羽百思不得其解之时，云生迅速将一把现行珠光粉撒向云葵撕咬的上空。现行珠光粉采自云海之中的仙影云贝，仙影云贝吞食天地灵气，在体内凝结出一颗仙影珍珠。仙影云贝本身就是隐形的，一般情况下根本找不见它们的踪迹，只有每五百年仙影珍珠成熟之时，仙影云贝才会现出身形，随后将仙影珍珠吐出。这仙影珍珠磨成的粉便是现行珠光粉。

云生将现行珠光粉就那么轻轻一撒，现行珠光粉就像天女散花般纷纷扬扬地将白羽围了个正着，白羽在现行珠光粉中显现出人形。但由于白羽现在还是虚身之体，所以显现出的只是银色人形，并无具体容貌。

银色人形的白羽用手使劲甩弄着云葵，希望可以让它松口，可是这云葵怎么都不松口，就像野猫叼着刚抓来的小鱼一样，任凭白羽如何拨弄，它都不松口。

这时，云生从怀中掏出一个小布袋，这布袋看上去非常精巧，只有巴掌大，在布袋的底部两个角有两串流苏，布袋封口处有一层蓝白相间的云雾缠绕着。此法宝唤作困仙袋，顾名思义，这袋子就是用来困住神仙的。一旦被收到这困仙袋之中，哪怕大罗金仙也万万没有可能依靠自身的灵力挣脱出来。

云生对着银色人形的白羽念动口诀，说："天圆地方容万物，纳地吞天存金仙，收！"口诀念罢，只见白羽化成一股银色烟尘就被收进了仙袋中！

云生邪魅地一笑，冲着仙袋里面的白羽说："我的白羽姐姐呀，你是不是还在纳闷为什么我的小可爱会看见你？哈哈哈，我就实打实地告诉你吧！它原本是灵树上尊本体灵树之上的灵虫，因为一时贪玩跑下灵树，误打误撞，进入了天食花花园之中，又被小天食花误食。不过，它并没有被小天食花消化掉，而是吃掉了小天食花的本源灵力。由于当时它年龄很小，天食花花园地形错综复杂，所以也就找不到回灵树的路了。于是，它借用小天食花的躯壳一直待到了现在，还和被封印的花魁成了好友。是吧，云葵？”

云葵这个毛茸茸的黑色小绒球用雪亮雪亮的“星星眼”看着云生，一边向云生点头一边发出“嗯嗯”的声音，似乎非常赞成他的说法。

云生摸了摸可爱的云葵，又继续说：“至于它为什么会看到你，这是因为它之前在灵树上吃了一种叫‘月光璃’的仙果。仙果月光璃，名字的本意是像月亮一样明亮。月光璃仙果，每百年开花一次，千年成果，吃了它之后自然就具有了透视功能。嘿嘿，所以你的虚身之术才会被云葵一眼看穿，而且它还具有捕获虚身灵体的功能。你还别说，你这逃脱能力和隐身能力还真不同于一般的神仙，没想到连‘捆仙绳’都困不住你。要不是云葵，我还真不知你早就逃出了我的手掌心。不过，这困仙袋跟‘捆仙绳’可不是一个等级的，谅你能耐再大，也不可能逃得出去。现在，你就乖乖地待在这个仙袋里别乱跑了！你要是再不乖的话，我就将你的本体捏碎，虽说不至于身陨道消，但你这一身的修为少说也要去掉一半。”

白羽闻言，这才明白为什么刚才会被云葵透视和撕咬。但是，她即使又被云生抓了，还是没有放弃帮助天生打败花魁这个终极想法。她在困仙袋里开始用心声对天生说：“天生，我又被云生抓住了！”

天生大吃一惊，连忙关切地问：“怎么会这样？你等我，先不要跟云生拼命，我现在就冲下去救你！”

白羽急忙说：“等等，你不要命了啊！你……你先不要来救我，你要是现在下来必死无疑。这紫云层法阵有三层，每层的阵法都足以让你毙命。刚才我不是都跟你说过了吗？你怎么就这么意气用事啊？你放心，只要我不反抗，云生不会拿我怎样的。当务之急是要想一个办法打败这花魁!”

天生有些不好意思，本来成熟稳重的他一旦碰到白羽的事情就变得火急火燎的。天生深吸了一口气，说：“抱歉，是我唐突了。你的安危要紧，现在不要做任何反抗，我们一起想办法打败花魁怪物。”

白羽点了点头，继续说：“虽说刚才你的血液并没有注入花魁的身体，但是灵力小球已经掉在了云土之上，这会儿应该已经被花魁吸收了。我相信你的精血不会白流的，一定会有功效。接下来，是更关键的一步，你要用‘心术’配合才可以扰乱花魁的心智!”

天生重重地点了点头，说：“好，那我现在试试看，这个方法一定能奏效!”

天生盘腿坐在白龙头上，开始闭目调息，集结心力。可无论他怎么尝试也集中不了心力。因为他一闭上眼就想着要怎么赶快下紫云层营救白羽，那些想法一直萦绕在他的脑海之中挥之不去，让他心烦意乱、心绪不宁。

过了好一会儿，白羽见花魁怪物没有任何异变，再次使用心声问天生：“你用没用‘心术’干扰花魁怪物？怎么它一点反应都没有?”

天生长叹一声，略带委屈地说：“都怪我不好，刚才我心里一直想着怎么去救你，所以无法集中心力!”

第十章

# 白龙显威

白羽安慰道："别唉声叹气了，我知道你是为我好，担心我的安危，这不怪你。但是，你若真想为我好，就必须先集中精力，凝聚心力干扰花魁的心智。不然不但我有危险，连你也会有危险!"

天生突然没来由地脸红了，随后有点害羞地说："之前我走火入魔时，朦胧中听过你唱的那首很好听的歌谣，当时听到这首歌谣，我的心境就变得很平稳。现在我有一个小小的请求，不知道你可不可以再唱一次给我听?"

白羽有点不耐烦，心想：这都什么时候了，还提出这种要求?

可白羽转念一想：现在一切要求都不过分，毕竟都是为能够让天生的心境平稳下来，以便正确使用"心术"来打败花魁怪物。于是，白羽无奈地说："好、好、好，我现在就用心声唱给你听，你要把耳朵竖起来听好了，不，应该是把心竖起来听好了才对!"

随后，白羽唱道：“心儿心儿归，魄儿魄儿归，一心一魄，永相随。”虽说这歌声来自心声，但是依然非常甜美，丝毫不比现实之中的差。天生听到歌谣后仿佛置身在白云之中乘着白龙随风遨游一般。

天生听完“清心谣”之后，整个人的状态显得极好，脸上的神情变得越来越平静。于是，天生重新开始集结心力。他的眉心有赤光忽闪忽现，从赤光中不停有符文从紫云层下直射到花魁那一双大脚所连接的云土之上，这片云土已经被来自天生的掌心精血浸透。

云土之上的血液接收到来自天生眉心发出的符文后，就像热水般开始沸腾，然后一溜烟的工夫就被花魁脚下的吸盘吸走了。当带有符文的血液行至花魁体内时，花魁周身开始慢慢发生了翻天覆地的变化。

花魁吸食过天生的符文之血后，开始只是有些神情恍惚，不久之后便心智大乱。白羽虽然在困仙袋之中，但她可以感觉到外界的情况。花魁怪物的心智大乱也是白羽早已预料到的事情。又过了一会儿，白羽问天生：“天生，现在你看看紫云层上空有没有什么变化？”

天生仔细观察着紫云层上空，说：“现在紫云层不像最开始那样稳定，云层上空有异象，一会儿是黄金刺阵仗，一会儿是黄金叶，一会儿又是蔓藤，还不时有云土在空中喷洒。总之，感觉很乱，乱成一团了！”

“嘻嘻，果然如此，一切都像我们预计的那样。花魁怪物沾染到了你的血液之后，又被你的心术扰乱了心智。这庞大的法阵需要花魁集中注意力才能使用，一旦他的心智受到影响，整个法阵就会有所变化。不过先不要着急下到地面，这个时候你需要再细心观察一下，瞅准机会，冲下紫云层！”

“嗯，我会先好好观察的。对了，你那里现在什么情况？”

“你不用担心我，困仙袋虽然能困住神仙，但是也仅仅只是能困住而已，我暂时不会有什么生命危险。你一定要看准时机，再伺机行动，万万不可鲁莽。虽然现在花魁的心智已然大乱，但是如果你找不到好时机，一定会被喷发的黄金刺刺中！”

“嗯，我知道了，你在下面也要当心，等我来救你！”

“好的，你千万要记得这四个字——小心为妙！”

天生在空中观察着花魁心智大乱后紫云层的规律，可是这哪里来的什么规律啊？此时花魁的法阵内的一切就像无头苍蝇一样乱撞，黄金刺、黄金叶、蔓藤、云土，乱得好似老虎老鼠一般傻傻分不清楚。

天生心想：如果我可以将这法阵变得乱中有序就好了，可是如何才能做到？

天生开始陷入沉思中，心中勾勒着无数个画面，凌乱不堪的想象在天生的脑海中变成一个又一个可笑的不切实际的想法，最终一个个都破灭在他清醒后的后脑勺里。有时就连天生自己都会“扑哧”一声不由自主地笑起来，觉得自己的那些想法实在太幼稚了。所有的想法在天生的脑海之中不断闪过又不断被否定，最终的画面定格在白龙身上，天生“嗯”了一声后又对自己补了一句“就这么办了”！

此时，天生在白龙的耳边说：“白龙，我现在需要你的帮助才能冲下紫云层去营救白羽。这个方法也不知道行不行得通，但是这是我现在能想到的最万无一失的方法，需要你配合一下！”

当他附在白龙耳边说了一段话后，白龙似乎听懂了天生部署的计划，就点了点龙头开始按计行事。

于是，白龙在空中开始疯狂地旋转，旋转的同时还在不断地抖动龙身，身上的龙鳞不停地向外迸射，一片片龙鳞像是一把把天外飞刀般横冲直撞着从紫云层内冲出的物体。

天生像在做实验一般看着白龙龙鳞的走势是否可以开辟一条路，从而找到一个可以顺利冲下紫云层而不受伤的万全之策。

当龙鳞和黄金刺冲撞之时，龙鳞和迎面而来的黄金刺不分上下，就像针碰到了铁片，发出“吱吱”的声音。

当龙鳞和黄金叶冲撞之时，龙鳞和飞来的黄金叶贴合在一起，相互冲撞发出恐怖的金铁交戈之声。

当龙鳞和蔓藤冲撞之时，龙鳞被蔓藤紧紧缠绕，龙鳞用冲击力割破蔓藤，在空中擦出火花。

当龙鳞和云土冲撞之时，龙鳞将一团团云土拍成了散云，之后云土再次聚合。

天生仔细分析后觉得这个方法可以一试，但是需要白龙在空中施法时旋转的速度更加猛烈，才好阻挡迎面而来的黄金刺、黄金叶、蔓藤和云土。

于是，天生就在白龙的耳边小声说：“白龙，你要准备开始加速转鳞了，我能不能冲下紫云层去营救白羽就靠你了。”

白龙点点头，一个猛龙在天之势冲上云霄，又一个天龙下海之势冲了下来，巨大的空气压力差使得空气在原来的位置形成了巨大的“龙卷风”，一波又一波的空气巨浪伴随着龙鳞蔓延开来。

第十一章

# 相生相克

白龙通过自身加速旋转在空中形成了巨大的龙卷风，这龙卷风由内而外共分为三层：最外层是由云雾凝聚而成的水珠层，这水珠层的形态就好似一条张牙舞爪的银龙紧紧围绕着中层的狂风流；在中层狂风流的带动之下，外层的水珠层就好像一抹抹光速飞行的流光；而处在最里层是由白龙不停旋转形成的锥形旋涡，旋涡底部吸卷着周边的云彩，看上去很像是一条饥肠辘辘的饿龙终于找到了美食，正在狼吞虎咽地咀嚼着一片片美味的天云。

巨型龙卷风加上从白龙身体震动飞出的鳞片与花魁法阵中喷射出的那些物体相遇后，“扑哧扑哧”的声音如同拳拳到肉一般。

龙卷风的最里层是白龙旋转形成的旋涡，旋涡的中央异常平静，仿佛为天生架设了一条畅通无阻的通道一般。天生在白龙与龙卷风的庇护下，驾着祥云慢慢地接近最上层的紫云层。

在天生即将通过紫云层之前，白羽用心声对他说："你还好吧？怎么这么半天没有动静？"

天生微微一笑，似乎是对自己处理眼前危局的方式很满意。天生说："刚才我让白龙施法为我掩护，已经完全阻止了黄金刺阵仗，现在正准备下紫云层！"

"啊！你躲过了黄金刺阵仗了，好厉害！"

"不是我厉害，而是我的白龙爆发了它的潜能，我现在依仗着它才可以接近紫云层，我现在就在紫云层上，但是看不清这第一层云层里藏有什么。按照你之前的说法，这第一层是黄金网，对不对？"

"是的，第一层是黄金网，是由黄金叶连接而成的网，就像凡间的渔夫捕鱼时用的渔网一样。不过这用黄金叶和灵力形成的黄金网要比凡间的渔网错综复杂得多，而且在这网的边沿有黑线，估计还掺杂着网咒！"

"你竟然也知道凡间的事！连渔网都知道！我还以为天界的仙子都对凡间嗤之以鼻呢！看来你真是一位天界的奇仙子！"

"哪有，哪有……是之前女娲神尊让我下凡渡劫时，我曾路过一处名为跨云河的地方，听打鱼的渔夫们说过。所以才会知道渔网的事情，也算学以致用嘛，嘻嘻！"

"你竟然去过凡间？那你还知道凡间的什么事？可不可以跟我分享一下？我特别喜欢凡间，喜欢凡间的一切，但因为玄天有结界，我自打懂事以来只在天上看过凡间，从天书中阅读过凡间，但是自己没有去过，所以平日里想多知道一些凡间的事，那里可是我一直梦寐以求的热土！"

"哎呀，现在都什么时候了？还热土呢！我看是热得快火烧眉毛了吧！当务之急是打败花魁，至于畅聊凡间之事，等我们一起打败这花魁再说，好吗？”

“好好好，那就这么说定了，到时候你可不要嫌我烦，听凡间的事，就算你说上三天三夜我都不会困！”

“三天三夜？你不困，我还困呢！我看你就是个凡迷，只不过提了一句‘渔网’而已，看把你美的！”

“啊，凡迷？什么是凡迷？好生僻的词，我还真是第一次听到。凡迷也是凡间的东西吗？”

“笨蛋，凡迷——凡间的凡，迷恋的迷。凡迷的意思就是说你太迷恋凡间啦！这样说你懂了吧！”

“嘿嘿，没想到还有凡迷这么一个说法。你懂得真多，相比之下，你是不是觉得我很蠢？”

“你不是蠢，你是笨，大笨蛋！哦，对了，等会儿你下紫云层时一定要先用仙法试探一下，然后再研究看看该如何才能破了这第一层的阵法，若是实在想不到妙招就和我一起商量，一定要记得啊！”

“嗯，一切都听你的，就这么说定了，我先去试试，实在不行再找你一起商量。你要照顾好自己，等我来救你。上次你救了我，这次换我来救你！也许这就是凡间所说的人情吧！”

“是的，按照凡间的说法，人情这东西，迟早要还的，就看什么时候还啦！现在我只想等你的好消息！先聊到这里，你专心解决法阵。每次我们动心声之时就会耗损一定的灵源，所以我们要节省灵源来对抗敌人，你先研究研究，实在不行再打开心声跟我对话！”

两人聊罢，天生对白龙喊了一声：“白龙，你顶住，我下去看看！”白龙呼的一下使出“龙腾幻影”，紧接着在半空中点头示意。

天生先是念出了“幻化术”的口诀：“大非大，小非小，大大小小，刚好，刚好。”此时，他的身体开始越变越小，当身体变成蚂蚁般大小时，天生连着说了三次“好”字，身体便定格在了那般大小。

于是，这个小小的天生就驾着迷你祥云冲进了紫云层，这一神一云好似在棉花上粘着一颗白色的小糖豆，怪好玩的。

虽然天生现在已安全地下到紫云层中，但第一层紫云层之中的危险系数并不低，就算缩小到糖豆一般大小，天生还是要在云层中左闪右躲，迎面而来的黄金叶和藤条仍旧会给他带来生命危险。糖豆小天生一会儿飞到东一会儿飞到西，驾着迷你祥云闪转腾挪，惊险无比！

当天生快飞到闪着金光的黄金网时，就唤祥云放慢速度。天生定睛一看才发现，这黄金网并不像白羽口中所述的那样简单。

细看之下，每一片黄金叶上都贴有符文，黄金叶连接成的黄金网中还有一张吐着寒气的蓝色寒冰网，这就是所谓的“网中网”。网中网的厉害之处在于不会放过任何一颗细微的尘埃，即使对方变成一粒灰尘大小，也休想从这网中网通过抑或是逃脱。寒冰网中的冰丝，都是由玄天冰山上的冰块炼制而成的，这冰网就连空气都可以冻结成冰。

天生心中暗叹：这怪物布置的阵法可真是细致入微啊！任我化作一粒尘埃也难逃过这关卡，这该如何是好？不过，不管它摆的阵法多高明，只要是阵法，就一定会有破绽。天界的所有阵法能摆就能破，待我再仔细观察一番。

于是，天生沿着网中网的网面飞行，就像一只想要挑战蜘蛛网的飞虫一样，这飞飞那飞飞。但是不管怎么飞，天生也不敢轻易降落在网面上，因为个中危险，他心知肚明。

天生在心里仔细分析着：黄金叶属金木，寒冰属水，要破解这个阵法就要用相对的属性来克制，但是很奇怪，黄金叶是相生相克的属性，一金一木，原本相克的它们现在合为一体，真是让我有种一个头两个大的感觉！

这时天生在身上的储物袋里翻着，储物袋打开后，好家伙，这储物袋里的好东西可真不少：千面寻物镜、招魂玉灵戒、流星风火锤、玄天九鼎盒、纵横凌霄项链，等等。

话说天生为什么会积攒了这么多神器？那是因为天生侠肝义胆，广交天界好友。天生经常游走于各大上古之神之间，他乐于助人，愿为朋友两肋插刀。这样一来，各大上古之神也愿意结交他这个朋友。而这些宝物，正是他们友情的见证。

天生翻呀找呀，终于，当一件神器进入他的视线之时，天生突然眼前一亮！这件神器集合了“金、木、水、火、土”相生相克的本质，相生循环为：木、火、土、金、水；相克循环为：木、土、水、火、金。

这件神器的名字叫作“混元五斗”。

混元五斗经过天水熬煮、玄木烧制、鎏金浇铸、真火提炼、地土烘焙，五道工序每道工序耗时两千五百年，共耗时整整一万二千五百年打造而成。混元五斗的形状是由五个漏斗合并而成的大漏斗形状，五个漏斗上分别刻有“金、木、水、火、土”的意象图纹，每一个图文都活灵活现散发着灵光。

经过一番深思熟虑之后，天生想聚集“火力”和“金力”来克制黄金叶。天生先轻轻地触碰了一下附在混元五斗之上“火”象图纹，火灵光从大漏斗的底部脱斗而出后悬在空中，随后冉冉升起；他又轻轻触碰了一下“金”象图纹，一抹金灵光从大漏斗的底部脱斗而出，在半空熠熠生辉。

火灵光和金灵光此刻在空中交相辉映，天生口中念念有声：“金有金，火有火，金中有火，火中有金，金火之炎，速速现身!”

此刻“金”灵光慢慢地接近“火”灵光，当金灵光和火灵光合二为一之后就形成了无比炫目的“金光火焰”。

天生看着眼前的这一抹金光火焰，就好像找到了救命稻草一样兴奋。他使用单字口令“去”，只见金光火焰随着他的口令先飞向半空，又分裂成无数小型的金光火焰扑向片片黄金叶。

金光火焰覆盖在黄金叶上发出“吱吱”的响声，当他正要说出“炸”字口令，想要彻底消灭这些黄金叶之时，蓝色寒冰网喷吐出了丝丝寒气，将诸多金光火焰逐一熄灭。

天生双手一拍，仿佛明白了什么，他心想：是了，冰属水，正好克制“火力斗”之中的“真火之力”。看来，我需要加大“真火之力”才好破解这“寒冰网”。

于是，天生再一次施法，从混元五斗中取出九柱火灵光和三柱金灵光，三柱火灵光和三柱金灵光分别组成了三道“金光火焰”，使得之前的金光火焰足足大了三倍；另外六柱火灵光形成了一只巨大的火凤凰。在巨大的金光火焰中，火凤凰的身影闪耀，随着天生一声令下，超大号的金光火焰和巨大的火凤凰冲向了寒冰网。

天生哈哈大笑，说了声“炸”，只见黄金寒冰网“砰砰砰”地爆裂开来，那爆裂的响声震耳欲聋。随着这些巨大的响声在一片火海中慢慢消失，这第一层阵法算是被破解了。

黄金寒冰网消失后，一片片黄金叶就像被秋风扫过的落叶般在空中散落。但是，紫云层第二层的藤条毒汁还依然向上喷洒着。

天生一边躲着藤条毒汁，一边看着眼前被破的黄金寒冰网，内心感到无比欣慰的同时，仍旧思考着下一层紫云层阵法的破解

云生
我自疯魔归暗幽，
不掩野心掩风流。

我自疯魔归暗幽　不掩野心掩风流
爱恨情仇难回避　前世今生叶知秋
凌云一刀山河断　反掌二指时空朽
天帝天河天不休　凡尘凡雨凡莫求

之法。

天生心想：第一层紫云层都这么难破，看来第二层和第三层一定会遇见更加棘手的问题。云生怎么可以这样利用花魁来对付我？我们可是亲兄弟啊！本以为他只是性格放荡不羁，被我宠坏了而已，随着时光的流转，他会慢慢地改变。可是，现在看来却不是这样的。他是真心想要杀我。我该拿他怎么办才好？唉，事到如今，还是走一步看一步吧……

第十二章

# 蛇藤阵法

第一层紫云层的黄金寒冰网阵法已破，可这第二层紫云层的蛇藤阵法，天生还没有想出破解之法。

第二层紫云层内尽是喷吐着毒汁的蔓藤。排列有序的蔓藤一致向上，挥舞着巨大的身躯喷吐着黑色的剧毒汁液，放眼望去就像是一条条绿蛇疯狂地吐着黑色信子，而那蔓藤上似乎还长着红色的蛇眼，蛇眼就那样一眨不眨地恶狠狠地注视着上空，一旦被这藤井里的“蔓藤蛇眼”锁定，就算插翅也难飞。

天生躲在已被消灭的黄金刺阵仗残骸中，仔细地观察着第二层紫云层，他想这次先独自试探一下再和白羽用心声联系。毕竟他和白羽的灵源有限，不能一直维持心声联系，况且还要集中注意力对付这花魁怪物。

天生想要试一试这黑色的剧毒的毒性到底有多强。他在怀中拿出一张纸，折了一只山鹰。因为他曾在云端看凡间时，离天最近的也就是山鹰了，所以他现在才想到用纸折一只山鹰出来。随后，天生将天鹰折纸向空中一抖，只见那只山鹰脱手而出后随风变大，急速飞向第二层紫云层。山鹰刚入云层，一滴黑色的剧毒液体就喷进了它的眼睛。当黑色液体完全覆盖山鹰眼睛之时，那液体开始发生了变化，如同硫酸一般腐蚀着山鹰的眼睛。

失去双眼的山鹰东倒西歪地飞行着，飞到半空之际，忽然又被从下方蹿出的蔓藤一齐捆绑然后活生生撕裂，那场面异常惨烈。

天生看呆了，还好用折纸和灵力制作出来的山鹰并没有生命，不然这场面肯定会更加血腥。

天生一边躲着向上喷发的蔓藤毒汁一边想：这个阵法貌似比黄金刺阵仗更厉害，贸然冲下去无异于羊入虎口——先被喷再被绑然后被撕裂，还要经受那灼烧般的痛苦，我看我还是先翻翻我的百宝乾坤袋，看看有没有可以抵挡这阵法的神器。

天生翻了许久，把整个百宝乾坤袋翻了个底朝天，仔细斟酌几遍之后又一件一件将神器摆回原处，大为失望地长叹一声，说："找了半天，没一个有用的。这怎么行，难道我今天就要败在这里了？"

此时白龙还在上空制造着龙卷风，很明显第一层黄金刺阵仗被破坏后，花魁的功力被消耗了不少。

于是，天生对白龙传声："白龙，你将体型变小后来我这里，下来的时候要小心那些黑色毒汁！"

白龙越变越小，"嗖"的一声躲过迎面而来的毒汁后，飞到了天生的身边。

天生一边抚顺着白龙背部的鳞片，一边说："白龙啊白龙，你看这第二层的阵法就像一个蛇窟，掉进去后一定会没命的。刚才我变了一只山鹰试了试，结果山鹰先是被剧毒腐蚀，后又被这蔓藤撕了个粉碎。你说这可怎么办?”

白龙看着天生无计可施的样子就动了动身子，看它跃跃欲试的样子，似乎是想跳入这蛇窟一探究竟。天生连忙大呼：“白龙，你给我站住，你不要命了吗?”白龙感受到了主人的怒意，便停下身子，乖乖地待在天生身边。

天生抚摸着白龙的背部，对白龙说：“我知道你想干什么？但绝对不行，我不能拿你的命来做试验。办法一定会有的，让我好好想想，你若再这么冲动，我定会责罚你。因为你的命属于我，我不准你伤害自己，懂了吗?”

白龙有点委屈地点了点头，天生接着说：“你不要生气，我不是责怪你，是想让你知道，做事一定不能鲁莽，否则后果不堪设想！你与我，不论是谁，都无法承担这样的后果。”

这时，在最底层的白羽忍不住打开了心声对天生说：“天生，你在干什么呢？现在走到哪里了？有没有受伤什么的？你在吗？回答我!”

天生回答：“我刚刚跟白龙一起破了第一层的黄金叶阵仗，现在在第二层。这层就像个蛇窟，里面有成千上万条蔓藤，而且每条蔓藤都好像有眼睛一样，还有向上喷发的黑色毒汁!”

“那你想到什么办法来攻破这个阵法了吗?”

“暂时还没有，刚才我做了一个试验!”

“什么试验?”

“我刚才用仙法变了一只山鹰，想让山鹰飞进蔓藤帮我打探一下，但是山鹰刚飞进去就被撕了个粉碎!”

“看来这层的确有问题，而且是非常大的问题，让我好好想想!”

"什么问题?"

"给我一点时间。"

"嗯,好!"

没过一会儿,白羽就对天生说:"有眉目了!"

"那快分析一下,究竟怎样才能通过这第二层阵法?"

"你仔细想想,这蔓藤就相当于花魁的毛发,对,就是毛发,每根毛发都有相对应的毛孔。所以,当务之急就是要堵住它的毛孔。这样一来那些蔓藤就不会再生长,阻止了蔓藤的生长,毒液也就无法继续输送,这第二层阵法就好对付了,你说呢?"

"说的好像有那么点儿道理,但是……"

"但是什么?"

"但是怎么才能知道它的毛孔在哪里?"天生一边说一边不好意思地摸了一下后脑勺,自己堂堂七尺男儿,竟然一直在依靠一个弱女子为自己出谋划策,真是……

"它的毛孔当然在它的身上,难道会在你的身上?"

"我的意思是,难道它的毛孔就在这蔓藤的根部?"

"你个笨蛋,当然不是啦!所谓毛孔,就是控制蔓藤的地方。刚才我被抓之前见到过,花魁是用脚上的吸盘吸取云土,然后再通过自身的疏导将云土转换成能量,之后这能量好像是通过它的鼻子释放和控制蔓藤的!"

"那依你说来,这蔓藤的毛孔就是它的鼻子?"

"应该是这样没错!"

"还好有你帮我分析这一切,单单靠我自己,几条命都不够我丢的。"

"所以说,现在呢,你只能依靠我了。因为要靠你自己单枪匹马下云层，一定必死无疑。再说了，蔓藤上的毒汁是用什么咒语所控，用什么所炼制，我们都不知道，你要是中毒了，肯定无法在短时间内解毒。以你的性格，一定会说：‘无论如何，我一定会救你出去，就算牺牲自己，我也不怕’，是不是？”

“你还真了解我，不过我那些也都是肺腑之言。如果我不下去，怎么才能救你？我怎能眼睁睁地看着你变成笼中雀！”

“好啦，别再那么肉麻啦！你等我，我帮你想想办法，等会儿我会用心声通知你的，好不好？”

“你想用什么办法？会不会伤害到你自己？你到底想干什么？”

第十三章

# 云生被擒

“你别问那么多了好不好？现在你也没有办法通过这第二层阵法，我自有我的安排。你要是不顾自己性命安危，执意冲下紫云层，不但救不了我，反而会害死你自己。那样的话，我今生都不会再与你相见，你听到了没？”

“好吧，你那么冰雪聪明，我想你不会做蠢事的，我就相信你这一次！”

“哼，我需要你肯定我吗？还就相信我这一次，我之前说过的话有哪次是错的吗？”

“对对对，你聪明伶俐，机智无双，我全都听你的，不要生气啦！”

“谁生你的气啦？我是觉得你好傻！”

“我傻？何以见得？”

“天生！你怎么这么多问题？我去想办法了，你等我用心声通知你，收到通知后就尽全力，将这无数的藤蔓连根拔掉！”

“好的，好的，好的，不过你一定要保护好自己，知道吗？”

“好了，你还真是啰唆。不说了，我去想办法了……”

两人聊过之后，白羽神情开始变得凝重起来，虽然告诉天生自己可以想出办法，但是面对现在的情况，根本就没有什么好的办法可言。就现在这个情况来说，只有救命锦囊才可以让她完全脱离云生之手，也只有救命锦囊才能保证天生的性命安全。

于是，白羽打算使用三色锦囊中的红色救命锦囊！红色锦囊为救命囊，此囊可保命，但保命的同时会让使用者在三年之内面容溃烂，遭受毁容之苦。不过，白羽也顾不了那么许多了，与天生的性命相比，自己的容貌又算得了什么呢？

白羽稳了稳心神，沉心静气，使用内翅之手将红色锦囊轻轻地打开。红色锦囊打开后，红色丝线轻轻地在白羽的身上环绕着将她裹住，白羽读起了仙咒：“红为命，牵于心，心命联结，天无垠。”

随着这一声咒语念出，红色丝线便从困仙袋中渗出。困仙袋连大罗金仙都困得住，却困不住这红色救命锦囊的红色丝线，可见这红色救命锦囊的厉害！

白羽猛地冲着袋子外叫了一声：“云生！云葵！”

云生听到白羽的呼唤，下意识地应了声，云葵也叽叽喳喳地回应。白羽接着大呼一声：“绑！”

此时，红色丝线以迅雷不及掩耳之势凝聚成了两只红色大手，将云生和云葵攥了个结实。

云生大喊一声：“不好！”

白羽又说了一声：“破！”困仙袋被强力的红色丝线“嘣”的一

声给撑裂了。撑裂后，白羽从红色线茧中缓缓地走出来，因为之前的法咒还未消除，这时的白羽依然是银人儿的模样。

云生眼见着红色丝线将结实无比的困仙袋撑破，心中就明白这红色丝线定然是什么强大的仙宝。自己和云葵的性命都攥在了人家的手中，于是，云生向白羽哀求："好姐姐，求求你放了我吧！我之前是和你闹着玩呢，你不要当真啊！求求你，放开我好不好？"

白羽瞪了云生一眼，说："哪个是你的好姐姐？谁跟你闹着玩儿呢？刚刚那股子凌厉劲儿上哪儿去了？看你刚刚那副样子，不但要杀了我，就连你的哥哥天生你也没打算放过。实话告诉你，我暂时放不了你，因为这仙咒需在三个时辰后才会解咒。你现在就老老实实待在这里吧！不过你放心，你不会寂寞的，你的云葵会陪着你！"

白羽一改跟天生说话时的温柔模样，面对眼前这个可恨的云生，白羽摆出了一副生人勿进的无情模样。虽然他是天生的弟弟，但是想到这家伙过去的种种可恶行径，白羽就满心的厌恶。

云生丝毫不在意自己的仙郎身份，苦苦哀求："好姐姐，我知道你一定有解咒法，你就放了我好不好？我发誓以后绝对不再戏弄你了！这次是我不对，是我不对，我改，我一定改，我再也不敢了！求求你，求求你放了我好不好？"

白羽轻哼了一声，无奈地说："你莫要求我，没用的，我都说过了，需三个时辰才能解咒，大罗金仙来了也不可能解得开。多说无益，现在你还是乖乖地待着好了！哦，对了，再告诉你一件事，这花魁已经心智大乱，你还不知道吧？"

云生见白羽不肯放了自己，恶狠狠地瞪着眼前的白羽，咬牙切齿地说："心智大乱，怎么可能？我看它好着呢！你休要扰乱我的心智！"

白羽冷笑道："也不知道你这自信究竟来自何方？我告诉你吧，你刚才抓住我之后，天生的掌心精血已通过云土渗入了花魁，花魁现在既要听命于你，也要听命于天生。花魁怪物虽然修炼万年，但同时听命于两个人，是它根本不可能做到的。这怪物现在已然心智大乱了！"

云生眉宇间露出了一丝紧张，但仍旧嘴硬，似乎根本不在乎花魁的处境。云生说："心智大乱怎么了？这大怪物就算死了又与我何干？只要它能替我好好教训天生，我管它心智大乱还是心智不乱呢！我管它的死活作甚？"

白羽对云生的态度很不屑，这登徒子真的不知道精血反噬是什么意思。白羽说："看来你是真的不明白精血反噬是什么意思！天生的掌心精血融入了花魁怪物的血脉之中，但是他并没有给花魁怪物下达任何指令，等同于他的精血还没有被激活，精血不会反噬天生。但是你就不同了，你已经对花魁怪物下达了指令，你们之间有了联系，这精血肯定会反噬你。花魁心智大乱，你以为它不会伤害你，那你就大错特错了。这花魁怪物心智大乱之后，你只拥有它一半的指挥权。这另一半指挥权，就算天生不去获取，你也无法控制，这就会对你造成很大伤害。我这样解释，你明白了吗？"

云生听到白羽侃侃而谈，似乎不太像是在骗他。云生试探着问："你说的都是真的？"

白羽斩钉截铁地说："我可不像某些登徒子，每天把谎言挂在嘴边。而且我为什么要骗你，骗你对我有什么好处？"

云生害怕了，倘若一切像白羽所言，那云生和云葵的性命便危在旦夕。云生服软了，但转念一想，就这么央求白羽，她肯定不会放了自己和云葵。思来想去，云生说："仙子姐姐，你要救我啊！

就算不救我，你也要救救你自己和我哥哥啊！你也知道这花魁的厉害，你现在还这么绑着我，我想帮你都使不上劲儿。还有就是，那花魁现在疯了，它六亲不认，这种无差别伤害，无论你我，都承受不住。我的好姐姐，你就放了我吧！”

白羽微笑着问云生：“你这是要帮我吗?”

云生连忙点头，说：“对对对，就是要帮你。”

白羽柳眉倒竖，瞪了云生一眼，说：“帮我？你不害我就已经是不幸之中的万幸了！我和天生大不了一走了之，至于这花魁会不会来找你，那就要看你的造化了。”

云生继续叫嚷着：“求求你，就放了我吧！我发誓我一定不会再打扰你了，我，我，我还会帮你们一起去打怪兽，我那里还有很多很多好吃的，还有法宝，都给你好不好？求求你了！仙子姐姐!”

白羽背对着云生，根本就不打算再搭理他。白羽说：“现在才知道害怕，为时已晚。这红色救命锦囊，我只知道绑住敌人释放自己，至于解绑之法，我没有。你就乖乖地待在这里，祈求等会儿我可以帮天生打败花魁！否则，你也必死无疑。”

说罢，白羽化成一道银光飞向天生！

第十四章

# 探路水晶

天生身骑白龙飞上云端之后默念口诀："大非大，小非小，大大小小，刚好，刚好！"口诀念罢，他和白龙"噌噌噌"几下就变回了原来的大小。

天生让白龙继续使用龙卷风抵挡从第二层紫云层喷射而出的黑色毒汁，而天生则驾着祥云站在云端之上仔细观望。

白羽冲出紫云层向天生飞来。此时，白羽维持着虚身之体，天生眼看着有一个银色人形飞出紫云层向自己奔来，还以为是花魁怪物派来的打手。天生双手凝气，气团在胸口飞转。天生正想将破坏力巨大的灵气气团推出去，这银色人形便开口说："天生，是我，白羽。你这是要做什么？"

天生一听是白羽的声音，就急忙收了功，将灵气气团瞬间散去，不好意思地挠了挠头，说："原来是你，我还以为是那怪物派来的打手。”

白羽微微一笑，说：“可不就是我嘛！花魁现在不可能派打手过来了，他们自顾不暇。”

天生点了点头，问：“你怎么变成了这副模样，出了什么事？”

白羽长叹一声，说：“事情有些出乎我的意料，虚身之体，不露灵气，一般来讲，天界之人都很难发现。谁知我刚下去就被云生身边的那只灵虫给发现了！”

天生之前每天都和云生形影不离，对于白羽口中的灵虫，天生自然感到非常陌生。于是，便不解地问：“灵虫？云生怎么会有灵虫？这灵虫可都是生活在灵树上尊本体的灵树世界之内的，除非化为人形，否则不可能离开灵树世界。难道他身边有个实力强大的灵虫？之前没听他说过！”

白羽并没有说话，而是忽然一下变成了云葵的模样，在天生的肩膀上蹦来跳去。天生看着变成黑色毛球模样的白羽，哈哈大笑起来，边笑边说：“你这是在做什么？难道这就是云生身边的那只灵虫？好可爱啊！可是它这个样子，也没有化身成人，怎么可能从灵树上尊的灵树世界里面跑出来？”

白羽一边跳一边说：“我在扮演的正是云生身边的灵虫，他的那只贴身跟屁虫。那只灵虫就是这副模样，并没有化成人形。不过它可没我现在这么好看，它是一只黑色的小绒球，毛也不顺滑，看上去刺刺的，活像一个黑色小刺头！”

天生知道，温柔如白羽，能够说出这样的话来，自然是遇到了危险或者受了很大的委屈。于是，他摸了摸白羽的头，安慰道：“是的啊，你自然要比它更加可爱。我现在比较好奇的是，这个灵虫究竟是怎么离开灵树上尊的灵树世界的，还有就是，它究竟是怎么发现你的。还有，刚才你在底下究竟出了什么事，快说说看！”

白羽摇身一变，又由黑色毛球忽然变成了云生的模样，说：“我并不清楚云葵究竟是怎么离开灵树上尊的灵树世界的。白羽被我的灵虫发现后，我就用困仙袋将她收了去！”

说完，白羽又变回了自己的模样，说：“事情很简单，就是这样，然后我就变成了这副模样。谁让我现在还是一个低龄的小神仙，被云生抓了去是再自然不过的事。不过，他能抓到我，我也有办法逃脱！”

天生一愣，说：“单凭那个灵虫，肯定没办法真正捕捉到你的身形。毕竟这灵虫并没有化为人形。估计，云生对你用了现行珠光粉吧？看样子，你一时半会儿还恢复不了原来的模样！”

“你怎么知道现行珠光粉？”白羽问道。

天生被白羽这么一问，顿时有些吞吞吐吐起来，一时之间并没有说话。聪明伶俐的白羽仿佛把天生心中的想法猜了个大概，眼珠一转，问：“这现行珠光粉该不是你送给云生的吧？”

天生非常不好意思地摸了摸后脑勺，说：“确……确实是我送给云生的。”

白羽装作很生气的样子，柳眉倒竖，说：“好你个天生，我如此待你，你竟然害我！”

天生连忙摆手，解释说：“不不不，你先别生气，我也不知道云生会变成现在这个样子，更不知道他会拿现行珠光粉来对付你啊！说到底他是我弟弟，从小他就喜欢这些天界的稀奇古怪的玩意儿。这现行珠光粉采自云海之中的仙影云贝，是用仙影云贝结出来的仙影珍珠磨成的粉末。当年为了给云生制作现行珠光粉，我足足找了三个月，才在云海深处找到一个巨大的仙影云贝。要是那个时候知道将来有一天，云生会拿现行珠光粉来对付你，打死我也不会给他的。”

白羽“扑哧”一声笑了，说：“你看你紧张的样子。好啦，我不生气，因为这件事不能怪你。毕竟，云生现在站在我们的对立面，对你来说，他是你的弟弟；但是，对他来说，你和我都是他的敌人。他这样对付我，也很正常。”

“你能这么想，自然最好。”天生长出了一口气，又问，“云生和他身边的灵虫既然发现了你，你又被困仙袋收了进去，那你是怎么逃脱的？以我对困仙袋的了解，就算是大罗金仙也不可能逃得出去。这困仙袋虽然不会对被困者造成什么伤害，但想困住你一生一世都是可以的。你究竟是怎么逃脱出去的？”

白羽根本不想告诉天生她究竟是怎么逃出来的。虽说虚身之体看不出本体面目究竟怎样，但是红色救命锦囊使用之后，白羽的面部已经毁了容。天底下没有哪个女子不爱惜自己的容颜，更别说是在自己心爱的人的面前。白羽想了想，借故发火，想要掩饰，说：“你真的很烦啊！为何非要一问再问？我现在不是安全地逃脱了云生的魔爪吗？你为何还想知道详情？难不成还怕我跟云生串通一气来坑害你？真是的！”

耿直的天生怎么会想到白羽这是装出来的生气？天生一看白羽这般生气的模样，还以为自己又说错了什么话，连忙道歉，说：“好，好，好，对不起！我不应该问这么多，我应该百分之百地相信你，你能安全逃出来比什么都重要！”

白羽微笑了一下，点了点头说：“就是嘛，这样才对。好了，现在我俩该合计合计怎么灭了这花魁。要是灭不了它的话，以后还不知道会有多少神仙会落入它的魔口！”

此时，紫云层忽然变得悄无声息。这突如其来的安静让天生和白羽心中都暗生了一丝警惕。天生声色阴沉地对白羽说："你看，这紫云层忽然没有动静了，肯定不是什么好事。"

白羽看着安静的紫云层也摸不着头脑。按理来说，神志混乱的花魁怪物根本不可能将紫云层控制得如此完美。神志混乱之后，可能出现敌我不分的情况，甚至可能疯起来连自己都打。这悄无声息的紫云层又到底是怎么一回事？

白羽说："这到底怎么一回事？刚才还千军万马来相见，现在却是死寂一片。莫不是那花魁现在神志恢复，又掌握了紫云层的掌控权？待我下去一探究竟！"

白羽正想飞回紫云层，却被天生一把拉住："你先别去。虚身之体倒是可以穿过紫云层，但是你看你现在这般银光闪闪的模样。那花魁怪物虽说可能神志不清，但是它很有可能在见到你之后进行无差别攻击。你要是现在下去了，一定会成为众矢之的。即使你觉得虚身之体万无一失也不行，我们有时间，可以从长计议。你先闪在一旁，让我用一个小法宝为你探探路！"

白羽仔细思考了一番，觉得天生这样分析也不无道理，便点头说："那好吧，这次就依你！快让我看看你的宝贝！"

此时，天生从百宝乾坤袋里拿出一颗晶莹剔透的透明球体。

白羽好奇地问："这透明的球体是什么啊？"

天生微微一笑，说："此物唤作'探路水晶球'。用灵力催动这颗探路水晶球，它便可以飞到紫云层之中，还可以将实时影像呈现给我。我们可以毫不费力地知道这紫云层下面究竟发生了什么事情。"

白羽听完天生的话，突然有些生气地说："既然有这种宝贝，那你刚才为什么不用？既然可以探路，刚才就可以用它去探路，我也就不用冒着生命危险去面对云生和花魁怪物，更不会被云生用困仙袋抓住！你，你，你真是气死我了！”

天生也不知道为什么一向端庄稳重的白羽仙子在自己面前会这么容易生气，连忙解释说：“你先别生气，听我把话说完。我之前也想到了这个宝物，但是在刚才的那种情形之下，这无比脆弱的探路水晶球根本派不上任何用场。这个宝物用来探察敌情的确非常方便，它演化而出的探察灵物小巧玲珑自然不用提，灵力波动也非常小，一般的敌人很难发现。但，探路水晶球有一个致命的弱点——它演化而出的探路灵物一旦受到外力冲击就会自动爆炸，探路灵物爆炸之后，探路水晶球就会从内部直接裂开，哪怕是特别小的冲击力都会让探路水晶球直接报废。刚才那漫天的黄金刺，拿出探路水晶球也没有任何用处，还是你最可靠。”

第十五章

# 何错之有

听了天生的解释，白羽的气便消了，又听到最后一句天生对她的夸奖，白羽更是笑逐颜开。因为白羽知道，天生这种不会说甜言蜜语的性子，这最后一句“还是你最可靠”是对她发自内心的信任。白羽微笑着说：“原来是这样。那现在快试试看，让探路水晶球为我们探探路，看看这紫云层之中到底发生了什么事情。”

天生右手托着探路水晶球，左手手印变幻，念起了咒语：“雨过天晴，飘云无数，水色之境，为我探路。”

咒语念罢，从探路水晶球里飞出了一只由水纹组合而成的仙鹤。这仙鹤腾空而起，一声长唳，在空中转了三个圈又长鸣了两声之后，如同一把利剑一般直插入了紫云层中。

水仙鹤来到紫云层的第一层，它左右观望着这一层里面的景象。与之前的井然有序不同，紫云层的这一层已变得混乱不堪，蔓藤毒汁和黄金叶搅在了一起，散发着一层浓浓的黑气。

这混乱的景象映入了水仙鹤的眼球，传输到了探路水晶球之上，被天生和白羽看了满眼。

白羽看着天生手里水晶球，说："好像之前支撑这一层的法力真的没了，快让水仙鹤飞往第二层看看！"

天生点点头，右手手印变幻，指挥着水仙鹤飞向了第二层。可是，到了第二层之后，依然是一堆破烂不堪的景象。天生与白羽对视一眼，点了点头。水仙鹤在天生的指挥下继续下到最后一层一探究竟。

当水仙鹤飞到最底层的时候，那天食花花魁竟然没了踪影，只剩下云生和云葵像木头一样还伫立在原地一动不动。

白羽怕有诈，对天生说："你用水仙鹤再仔细看看，确保万无一失之后我们再下去！"

天生回答了一声"好"，就继续指挥着水仙鹤在周围飞行了一圈。确认没有危险之后，天生对白羽说："放心吧，已然没有了危险，我们一起下去看看！"

白羽点头答应，天生召唤白龙，大喊一声："白龙，吹开这紫云层！"

白龙闻言，龙身摇摆，龙嘴大开，猛烈的气流从龙嘴之中喷出，三层紫云层就这样被白龙"呼"的一声吹开了一条通道。白龙对着上空的白云深深一吸，之后又对着那条通道一吹，在第一层到最底层的紫云层中间便出现了一条云路。

天生右手一挥，白龙变成了簪子飞回天生的发髻之上。天生和白羽这才一起驾着祥云从云路下到了紫云层的最底部。

当他们落到紫云层最下层之后，定睛一看，在花魁施法的位置有一个五角形的大窟窿。天生和白羽探头看着这个深邃的窟窿，白羽开口问："这个黑洞深不可测，难道让那花魁怪物跑了？"

天生看了看洞口周围，又看了看窟窿内部，点点头说："从现状判断，那花魁怪物确实逃离了这里，不过究竟去了哪里，我们还要下到窟窿里面一探究竟。我们要不要乘胜追击？"

还没等白羽回答，就听见云生对着天生哇哇大叫："哥哥，快来救我啊！哥哥，哥哥，快救我！"

天生回头一看，云生和云葵被一团红线绳紧紧地捆绑在一起，便急切地问："云生，你这是怎么了？怎么被绑了？"

云生斜眼，恶狠狠地看了看白羽，说："还不是因为她！这个云雀仙子干的好事。我被她给绑了！"

白羽走到云生的身边，敲了一下他的脑门，说："我要是不绑了你，能逃出你的魔掌吗？我要是不绑了你，你哥哥就会死在花魁怪物的手上。我要是不绑了你，还不知道你会闹出什么幺蛾子！绑你是对的，不绑你的话，你这个坏家伙会给我和你哥哥带来生命危险。"

天生走到了云生身旁。云生根本没有理会白羽，继续对天生哀求着："哥哥，快让她放了我吧！这红线绳越绑越紧，我现在已经快要喘不过气了，这样下去，我和云葵都会死在这里。"

白羽"哼"了一声，说："好不容易绑了你，怎么可能那么快就放了你？你就在这里好好地忏悔吧！刚才跟你说了，这红线绳三个时辰便会自动解绑。我和你哥哥天生不会像你似的那么狠心，就绑你三个时辰，让你好好反省反省。"

云生气得涨红了脸，对天生继续央求着："哥哥，哥哥，这小云雀，她，她也太欺负人了！刚才我差点儿被她给害死！你也知道那花魁心智大乱，刚才你不知道有多危险，那怪物疯起来连自己都打。我和花魁只差那怪物的一拳就要和哥哥永别了！哥哥，快点放了我吧，我……”

云生越说越激动，突然觉得自己的裤子潮乎乎湿乎乎的。他竟然尿了裤子！原来，他早上吃了太多仙果，又喝了不少仙酒，一直都没有小解。眼前这个情况，天生一脸阴沉，不知道心中酝酿着多大的怒意；白羽肯定有办法解开这红线绳，但是又肯定不会解开。如果他们一会儿直接离开这里，那心智大乱的花魁怪物又从那大窟窿里回到天食花花园，云生和云葵真的很有可能死在这里。情急之下，云生实在忍不住了，便尿了裤子。

白羽一看这情景，“扑哧”一乐，颇有些幸灾乐祸的意味。这也不怪白羽，堂堂俊朗仙郎，竟然在公众场合尿了裤子，这无比狼狈的样子，谁看了都会笑。但，这些人之中，不包括天生。

经历了今天的事情，天生本就憋着一肚子火，眼看着自己的弟弟被五花大绑，还尿了裤子，天生已然出离愤怒。万年的亲情，自然不会因为今天的小小冲突改变，天生对云生的宠溺，可以说有增无减。毕竟，血浓于水；毕竟，这是自己的亲弟弟！

天生转头对着白羽叫嚷：“你为何如此对待云生？他就算犯了天大的错误，也还是我弟弟。他年纪还小，也不懂事，但身为仙郎自然有他的自尊。你今日将他绑在这里，根本没有考虑他的感受。今日之事，倘若传出去，你让他今后如何在天界生活？还有，刚才的情形有多危险，你比我更清楚。既不考虑他的尊严，又不考虑他的性命安危。你枉为一个仙子，这……这实在不应该！”

白羽被天生这一番莫名其妙的言语搞得瞬间糊涂了，这话真的是从天生嘴里说出来的？我不顾自己的性命安危，救他于水火；又不顾自己的容颜，往返于危险无比的紫云层之间。他竟然会说出这样的话来?!

白羽被天生气得眼泪在眼圈里打转，她冲着天生喊：“我不应该？我真的不应该！我最不应该的就是掺和到你们兄弟两个的感情里面。是啊，万年的手足之情，我一个小小的接引仙子怎么能比得上？在你心里，我怎么可能比你的弟弟珍贵？我就算是死，你也不会流下一滴眼泪吧？可云生现在根本就没有生命危险，你都可以着急成这个样子，还冲我发火！实话告诉你，要不是我用这红线绳保住了他的命，他现在说不定早被那花魁给吃了。你真好，不知感恩也就罢了，现在倒是责怪起我来了。他是你弟弟，那我又算你的什么人？他要害你，我要帮你，我何错之有?”

说罢，白羽不等天生挽留，一把抓过还绑在云生腰间的自己的本体，虚身之体融入本体云雀，白衣扑棱着翅膀飞向自己的住所。白羽云雀飞过的云层上，落满了银色的眼泪。

天生望着白羽离去的方向，眼圈微微泛红，心中暗暗自责：是啊，她何错之有？她说得对，云生要害我，她要帮我，于情于理我都不应该对她发脾气，更不应该责怪她。我这究竟是怎么了？为什么每次面对云生的时候，都会不由自主地偏袒他?

云生望着哭着飞走的白羽，暗暗阴笑，随后又冲着天生苦苦哀求：“哥哥，哥哥，快帮我解开这绳子啊，哥哥!”

天生此刻也不知道是在生自己的气还是在生云生的气，抑或是对刚才白羽的那番责备懊悔不已，紧皱眉头地对着云生说：“你的事，自己解决，自己犯下的错误，自己承担。白羽说得对，也该让你好好自省一下了!”

说罢，天生便转身乘着祥云飞向了自己的居所。

等到天生走后，云生冲着天生离去的方向怒骂："天生，你，你，你好样的！不管我是不是？从现在开始，有我就没有你，有你就没有我。我不会就这么轻易地放过你，天生，咱们走着瞧！"

云葵见云生愤怒不堪，便用它毛茸茸的头在云生的脖颈处蹭着，好像是在安慰云生。云生看了看云葵，说："还是你好，不像天生那么不知好歹。你以后就跟着我，有我一口吃的就有你一口吃的，我们生死一条命！"

云葵好像听懂云生的话，露出了小白牙对着云生微笑。

第十六章

# 黄雀仙娥

天生回到自己的居所后，提起一瓶仙友之前赠送的千年佳酿，就飞往了“望凡石”。“望凡石”是天生寻求平和心境的地方，每当内心感到烦闷的时候，天生便会来此，从望凡石看向人间，看人间万家灯火繁星点点，对月饮酒舞剑。

天生拔下头上的白龙发簪，只是一抖，白龙发簪便化作了一把白龙剑。他一手提着装有千年佳酿的酒坛子，一手拿着白龙剑对月狂舞，一边舞剑，一边把酒疯狂地灌进嘴里。在天生舞剑之时，偶尔有流星划过，照耀着他晶莹的泪水。泪水伴着流星，化成流光碎屑，消逝在空中。

天生一个龙跃九天蹿上玄空，在空中将朵朵白云用白龙剑削成碎片。片片云屑中，锃亮的白龙剑与天生乌黑的长发形成了鲜明对比。喝着酒，舞着剑，天生忽然感到喉头一甜，气血攻心的他从口中喷出一口鲜血，从云端狠狠地摔在了望凡石上。

天生手中的白龙剑和他一起跌落在望凡石上，白龙忽然现身，平卧在天生身旁，用龙须轻抚着天生的额头，用龙嘴轻轻地顶着天生的身体想将他叫醒。可是，也不知是因为这千年佳酿的酒劲儿太大，还是因为酒不醉人人自醉，从半空跌落到望凡石上的天生早已失去了知觉。白龙见无论如何也无法唤醒天生，便从腹部扯下一片柔软的龙鳞将天生的身体覆盖住，而后龙身一抖，一跃腾空，朝着娲皇宫的方向飞去，想求助于白羽。对于白龙来说，除了身为主人的天生，它最熟悉的莫过于一起并肩战斗过的白羽。

当白羽哭着返回娲皇宫自己的居所后，便从本体变回仙子模样。她朝着“暖玉池”的方向，一层层脱去外衣，一步步缓缓走上云池中的沐浴摇篮。在暖玉池中，凌乱地漂浮着五颜六色的花瓣，每一片花瓣都闪烁着各自的光彩。盈盈池水洗去了她之前身上的银粉，花瓣在她柔嫩的肌肤上划过。她害怕看到自己的眼泪，她不想让泪水划过自己的脸庞，因为那样她会更心碎。于是，她仰面将头沉入水中，把自己完全浸泡在沐浴摇篮里。那沐浴摇篮之中，白羽的眼泪融进了水里，分不清这滚烫的，究竟为何物……

当白羽将头探出水中的那一刻，她满脸憔悴地躺在池沿边微闭着双眼，深深地吐出一口气。

白羽看了看水中自己的倒影，之前俊俏的模样已经消失不见，取而代之的是满脸的皱纹和粗糙的皮肤。红色救命锦囊虽然可以保命，但在使用红色锦囊之时就已经注定了容颜不再的结局。虽说虚身之体抵抗了一部分红色救命锦囊带来的面部溃烂的毁容效果，但是仍旧避免不了成为现在的这个样子。白羽对此无能为力，因为打开了红色救命锦囊的毁容效果不能逆转，也就无法使用仙法将容貌恢复原样。

天下女人都愿自己容颜不老，可是，无情的时光总会在女人的容颜上留下沟沟壑壑，毕竟岁月如飞刀，刀刀催人老。眼下，白羽已经变成了这般模样，而这一切的“罪魁祸首”——天生，竟然还说出了那样伤害白羽的一番话来。

白羽心想：春秋寒暑，妍柔易疏，那份曾经的温柔，近乎于爱情的感受，却在兄弟情义面前变得脆弱不堪，希望这一切都没有发生过，哪怕我并没有认识天生，只愿岁月如故，眉眼如初。

白羽沉浸在自己的情绪之中，丝毫没有意识到有人在接近。当她听到翅膀扇动的声音时才发现，一只小黄雀正在向着自己飞来。白羽这才匆忙将一块丝巾蒙在脸上，用以掩饰自己老去的容颜。

水雾朦胧中，小黄雀并没有太过注意白羽的样子，它来到白羽的住所，就像进了自己家一样熟悉。沐浴摇篮外是一座巨大的屏风，这屏风将沐浴摇篮和外屋隔开，保证了沐浴时的私密性。

小黄雀是白羽的妹妹，名字唤作“雀儿”（音为“巧儿”）。白羽和雀儿的关系类似于天生和云生，白羽和雀儿这一对姐妹在天界共同生活了数千年，可以说无话不谈。白羽比雀儿整整大一千岁，在雀儿出现之前，白羽这生人勿进的性子让她根本交不到任何朋友。雀儿跟白羽一见如故，像是命中注定一般，雀儿认了白羽这个姐姐，每日里陪伴白羽，为她的生活增添了很多欢乐的色彩；白羽看雀儿，怎么看怎么顺眼，认了雀儿这个妹妹，帮助雀儿修炼，指引着雀儿和自己一起进入了娲皇宫。天生和云生，有着万年的兄弟情义；白羽和雀儿，也是千年的姐妹情深。云生放荡不羁的性子，让他不服天生的管教，虽然也是天生的溺爱让云生在这万年之中形成了这样的性格。雀儿却和云生不同，她向来都非常尊敬自己的姐姐白羽，天界的生活和白羽的陪伴已然让她十分满足，对于其他的事情，雀儿从来没有想过，她单纯善良又兰心蕙质，她在天界的几千年，看到了许许多多的爱恨情仇，但她不希望自己陷入这些感情之中。士之耽兮犹可脱也，女之耽兮不可脱也，雀儿最向往的还是那种无拘无束、自由自在的生活。

雀儿非常知趣地停落在屏风之前的云石桌上，整理了一下自己被风吹乱的羽毛，开口对白羽说："姐姐，你这是怎么了？怎么刚回来就来暖玉池沐浴清心，是不是今天特别累呢?"

雀儿并不知道今天究竟发生了什么，仙界之大，就连女娲神尊也不可能知晓所有的事情，更不用说小黄雀了。

白羽轻叹了一声，对雀儿说："妹妹，我心乱如麻，此间事，说来话长，可我又不知该从何说起!"

雀儿萌萌地眨了眨眼睛，似乎并没有察觉到白羽语气之中的异样，她继续整理着羽毛，慢悠悠地问："看来，女娲神尊交给你的差事不好办呀，对不对?"

白羽叹了口气，虽说想要抑制住自己内心的失落与不安，但话到嘴边却仍旧是满满的悲哀叹惋与不知所措，"嗯，你我共同修炼千年，我比你的成仙时间要早一些。这千年以来，我从来没遇到如此让人身心俱疲的事情，没遇到过，便不知道如何解决。我现在就像个傻子……"

聪慧的雀儿闻言便是一愣，心想：看来白羽姐姐这次遇到的事情还颇为棘手，莫不是她爱上了哪位貌美的仙郎吧?

雀儿拍打着着翅膀飞向暖玉池旁的云仙湖，在云仙湖上寻了一枝成熟的白色云花，便摘了下来。雀儿带着这朵白色云花飞回了白羽身边，隔着屏风，从侧面将云花递到了白羽的手里，说：

“姐姐，将这朵云花的花蜜服下吧！云花的花蜜可以解除你的身体疲惫，我之前在外面玩累了，经常服用云花的花蜜，对皮肤很好哦！”

白羽拿着这朵白色云花，听到雀儿口中说的“对皮肤很好”，心中便不由得浮现出天生的面庞。她将云花的花蜜服下后，便痴痴地看着手中的云花，说：“这花开得可真好。年年岁岁花相似，岁岁年年人不同。这花开了又谢，谢了又开，可人一旦离开了，也许就不会再回头了。花蜜虽然可以消除身体的疲惫，但心中的疲惫又该如何消除呢？”

听了白羽的话，雀儿再次肯定了自己的想法，白羽姐姐肯定是看上了仙界不知哪家的仙郎。于是，雀儿问：“这是哪家仙郎命这么好，被我的白羽姐姐看上了？”

白羽薄纱后面的脸一红，说：“你个小蹄子，胡说什么？哪里有什么仙郎？”

雀儿嘿嘿一笑，说：“姐姐不必瞒我，这天界几千年的爱恨情仇我都看在眼里，你说的话里都是浓浓的醋意和相思，就算再迟钝的人也可以听得出来，你这应该是爱上谁了之后才会有的反应。”

白羽有些惊讶，她知道雀儿比自己更加聪明，但却没有想到自己的言谈话语之中会透露出这么多信息，“我表现出来的，有那么明显吗？”

雀儿歪着脑袋，非常认真地点了点头说：“挺明显的。”

白羽并没有把话接着往下说，而是长长地叹了一口气，又将身子沉入了水中。

见姐姐如此反应，雀儿有些担心地说：“姐姐，有什么心里话，就跟我说说吧！我虽然没有经历过什么爱恨情仇，但是你我姐妹情深，我还是可以感同身受的。没准儿能帮你出一些主意，你说呢?”

白羽说：“谢谢妹妹的好意，你的好意我心领了。可此间事太过复杂，我也不想你因为我而挂心，你回去吧!”

## 第十七章

# 雀遇天生

雀儿会走吗？雀儿当然不会走了！自己的姐姐有心事，自己却不帮忙，这不是雀儿的性格。

雀儿拍打着翅膀，想要飞到屏风之上看一眼白羽姐姐。雀儿还没落脚，白羽便说："雀儿你不要过来。"

"姐姐你这是怎么了？"

"我……"

"是不是有男人伤害你了？我去找他算账！"

"不不不，雀儿，这和他没有关系，一切都是我自愿的……"

"到底发生了什么事情？"

"你真的想知道吗？"

"姐姐，你我千年的姐妹友情，没有什么事情不能跟我说的。我想知道。"

“那好，你近前来。”

白羽说完话，雀儿便飞到了沐浴摇篮的边上，白羽把蒙在脸上的丝巾摘了下来。看到白羽的样子，雀儿的鸟嘴张得很大，因为她根本没有想到白羽会变成这个样子。

雀儿的眼泪在眼眶里打转，她看不得自己心爱的姐姐受到这样的伤害，“姐姐，这是谁干的?”

白羽哀叹一声，说：“跟他没关系，这一切都是我自己造成的。”

雀儿拍打着翅膀，愤愤不平地说：“你都变成这个样子了，怎么还护着他? 爱情这东西，果然害人!”

白羽看着雀儿，有些心酸地说：“我现在这个样子，根本不敢去见他，如果他见到我现在的样子，肯定会深深地责备自己。他根本就不知道我用了什么样的方法帮助他与我脱离困境，我也不想让他知道。我喜欢他，这是我的事情，我不想让他有任何心理负担。”

雀儿叹了口气说：“姐姐你这又是何苦?”

白羽说：“妹妹，你不懂。我活了几千年，第一次有了这种感觉。我想为他付出，却不想给他增添任何负担。我希望我和他可以寂静相爱、默然欢喜。妹妹，姐姐求你一件事情。”

“姐姐无须求我，需要我做什么，直接吩咐就是。”雀儿回答。

白羽将池水轻轻一挥，水在半空形成了一道帷幕，在帷幕上有一张玄天地图，白羽对雀儿指明了天生的居所后又将手轻轻一挥，帷幕上出现了天生的模样。

白羽说：“刚才为你指明的地点是天生的居所，而这个仙郎便是天生。”

雀儿将天生的居所位置记在了心里，又仔细端详着水幕之上天生的模样，“这就是让姐姐心甘情愿为之付出的那个仙郎天生吗?

长得倒是还说得过去，看来姐姐的品位还是不错的。”

白羽微微一笑，说：“雀儿妹妹就不要拿我打趣了。我与天生的心神世界相连，现在他的心神世界动荡很大，我能感受到他已经受了伤。我需要你代替我为他疗伤。你去见他的时候，务必变作我的样子。以他的性格，肯定不会接受陌生人的治疗。变作我的样子陪在他身边，一定要一直陪着他，他弟弟不是什么省油的灯。”

雀儿点点头，说：“好，我现在就去帮你看看天生的情况，再替你为他疗伤。可是你的脸……”

白羽苦笑，说：“没有三年的时间是不可能恢复的，我动用了当年一位上神赠予我的三色锦囊中的红色救命锦囊，任何仙法都无法帮我恢复容貌。我会再去寻找一些可靠的解决办法，不过这期间，你就要一直以我的样子陪在天生身边了。”

雀儿说：“姐姐放心吧，妹妹明白了。你安心寻找解决之法，其他事情交给我就好。”

说罢，雀儿“嗖”的一下飞出了娲皇宫中白羽的居所。雀儿拍打着翅膀飞着，脑海之中想的却是天生的模样：等会儿见到你，看我怎么收拾你，竟然让我姐姐受这么大的苦。

“咚”的一声，雀儿的本体黄雀不知道撞到了什么地方，雀儿只觉得此刻眼冒金星。

雀儿撞上的正是飞驰而来的白龙。白龙定睛一看，好像是一只云雀。白龙虽说跟随了天生万年之久，但是大部分时间都是化作白龙簪，被天生戴在头上。白龙只见过白羽的本体一两次，而且此时白龙因为天生的事情心急如焚，就没太看清楚，错把黄雀当成了云雀，以为雀儿就是白羽。

雀儿稳住身形，正想破口大骂，骂这个不长眼的家伙。谁知还

白羽
舞绫一曲梦，
观绣满庭芳。

独坐莫凭栏
孤枕难诉殇
竹箸了残羹
弦月伴云裳
舞绫一曲梦
观绣满庭芳
落花望天梁
相思愁断肠

没等雀儿开口，白龙口吐一阵旋风，在旋风中呈现出刚才天生掉落在望凡石上的景象。

雀儿一看，心想：莫非它就是水幕之中天生的那条白龙？原以为按照姐姐的意思只是去天生的居所看看究竟，谁知这天生竟然把自己弄成了这样，我现在要是告诉姐姐的话，一定会影响她的心情，我看还是按照姐姐的说法，化作她的样子，将事情办好之后再回去告诉她好了，嗯，就这样。

小黄雀犹豫了一下，摇身一变变成了白羽的模样，对白龙说："现在你带我去找天生！"

白龙将头低下，示意雀儿站在龙头上。雀儿按照白龙的指示站在龙头之上，然后用双手抓着龙角。白龙左右摇晃了一下身子，想让雀儿抓紧龙角，它好准备起飞。

雀儿问："你是不是想要我抓紧你的角？"

白龙吐出一口气，似乎是给了雀儿一个肯定的回答。

等一切就绪后，白龙就"呼"的一声蹿上玄空加速飞往望凡石。飞到了望凡石后，白龙降速，将雀儿放在了天生身旁。

雀儿看着眼前满身是血渍的天生，便一把将他揽在怀中，从百宝乾坤袋中拿出了云花玉露，给天生喂了下去。昏迷之中的天生喝下了云花玉露，只觉得周身上下从内到外一阵清凉，而后便悠悠转醒。

天生睁眼看到眼前的"白羽"，他并不知道这是雀儿所变。天生一把将雀儿紧紧地抱在了怀中，流着泪说："你不要再生气了，刚才是我不对，请你原谅我，我不该对你说那些话，求你原谅我，好不好？"

雀儿被天生这突如其来的拥抱弄得手足无措，她从来没有跟玄天之上的任何人有过这种亲密接触，几千年了，这还是第一次被一个大男人搂在怀里。雀儿不知道做何反应，是挣脱开还是就这样被抱着？她就这样呆呆地一言未发，被天生反抱在怀里许久许久。

天生仍旧在流泪，他颤抖着身体，肩膀耸动着。雀儿可以感受到来自天生内心的悔恨和悲伤，她试着用手拍了拍天生的背，说："过去的都过去了，我懂！好啦，不要再伤心了，我原谅你了！我知道你只是爱弟心切，不是故意说出那些话的。"

天生放开了雀儿，看着雀儿问："你真的不生我的气了吗？"

雀儿说："还生什么气啊？再气下去的话，你不累，我还累呢！"

天生也不知道该怎么回答，只觉得"白羽"不生气了就是天大的好事，便傻傻地笑着。雀儿为天生擦拭着脸上的泪水，天生感受着来自"白羽"的关心，也感受着脸上传来的"白羽"手指的触感。天生问："你怎么会来望凡石？"

雀儿看了看天生，又指了指白龙，说："我本来在娲皇宫自己的居所之中沐浴，后来因为感受到了你心神世界的波动，便想来看看你。谁知道刚出娲皇宫就跟白龙撞了个满怀。它将你的情况都告诉了我，所以我就过来了。"

天生抚摸着白龙的龙头，白龙似乎对天生的宠溺很满足。

天生接着对雀儿说："那花魁怪物挖地洞逃走，现在也不知道跑到哪里去了。我们要不要一起去找找看，这天魔要是不灭，定会扰乱玄天！"

雀儿不解地问："花魁？"

天生看了看雀儿，似乎对她的反应感到很意外。天生说："花魁就是花魁啊！难道你都忘了吗？花魁！那个制造了紫云阵法的天食花花魁！"

雀儿心想：这肯定是之前姐姐跟他一起对付过的那个怪物，不行，不能露馅。

想到这里，雀儿轻轻地咳嗽了一声，掩饰了之前的尴尬，说：“哦，花魁啊，我当然知道了！只是刚才我回到娲皇宫沐浴之后又想了很多事情，一时之间没有反应过来嘛！”

天生露出一个理解的微笑，说：“没关系，即便你忘了也没关系，就让我来当你的记忆好了。你想不起来的时候，还有我！有我在，什么都不用怕！”

雀儿看着天生脸上那所谓“理解”的微笑，听着他的话语，又想起了姐姐那死心塌地爱上眼前这个家伙的决定，心里的气就不打一处来：我说白羽姐姐怎么会对你那么忠贞不贰，原来是因为你这家伙花言巧语地哄骗，是了，姐姐从未跟玄天的任何仙郎有过瓜葛纠缠，一下子被你这个情场老手握在了手心，可不是怎么把玩都可以吗？不过看你这个样子，似乎并非言不由衷，只有两种可能——其一，你的谎言太过完美逼真，就连我也分辨不出真假；其二，你确实是真心的。究竟是不是真心话，还有待考察。

雀儿又轻轻咳嗽了一声，顺着天生的话接着往下说：“嗯，没错，你说得很对！我想不起来的，你可以帮我回忆，你就是我的回忆法宝！”

第十八章

# 草木之灵

天生一听到“回忆法宝”这几个字就笑着说：“没想到白羽你还这么幽默，之前倒是没看出来。不过，你说得对，我愿意当你的回忆法宝，当多久都没关系！”

雀儿被天生这么一说，心中顿觉尴尬：雀儿啊雀儿，白羽姐姐可是让多少仙郎魂牵梦萦的高冷女神啊，你能不能装得像一点儿，什么回忆法宝，到底在乱开什么玩笑……

雀儿第三次轻轻咳嗽了一声，说：“等会儿我先把你送回你的居所，玄天固然重要，没有好的身体，又如何保护玄天？你好好休息，抓花魁的事情我们从长计议。你看你刚才喝得酩酊大醉的样子，心神世界又这么不稳定，现在的你去面对那花魁怪物，无异于羊入虎口。”

天生看着“白羽”认真教训自己的样子，“嘿嘿”一笑，说：

“那就听你的，待我休养生息完毕，身体恢复健康，再去找花魁！”

于是，他们二人驾着白龙飞回了天生的居所。当他们进屋后，白龙就“嗖”的一下变回了发簪，飞回了天生的发髻之上。

雀儿看着眼前天生的居所布置——虽然没有什么名贵的家具陈设左右，却简洁大方又不失风雅。雀儿心想：看来这家伙确实正直纯朴，想来他刚才那些话也不是骗我的，不过，知人知面不知心，待我再试探他一番！

想到这里，雀儿突然变得非常妩媚，对天生说：“我来帮你沐浴吧！”

天生闻言一愣，俊朗的面庞之上攀上了两朵红晕，那样子要多可爱有多可爱，虽然天生这正直之人跟“可爱”二字一直沾不上边。

雀儿见天生不说话，便继续加了把火，说：“你看你的头发和身上都是血渍，衣服也凌乱不堪，哪里还有什么仙郎的样子。赶快，我为你沐浴更衣。”

天生不好意思地摸了摸后脑勺，说话都变得有些结巴了，“啊……这……这……这怎么……怎么好意思？”

雀儿一本正经地对天生说：“有什么不好意思的？你现在还没痊愈，心神世界异常紊乱，如果让你自己沐浴，我实在不忍心。玄天的安危还要靠你我二人保护，我们两个缺一不可，要达到你中有我我中有你的境界才可以。为你沐浴更衣又算得了什么呢？”

雀儿这大义凛然的话让天生又是一愣，天生眼神之中烁烁放光，那光芒满满的都是正义。天生说：“好！好一个你中有我我中有你！你说得不错，玄天的安危要靠你我共同维护。但是，我还是觉得很不好意思，毕竟男女授受不亲！”

不由分说，雀儿一把将天生按在了浴池旁边的躺椅上，假装生气地说：“你保持这个姿势不要动，剩下的事情交给我。要不然，我要你好看!”

天生被雀儿这么一说，就乖乖地躺在椅子上一动不动，像只待宰的小羔羊一般地说：“那……那好吧，我……我听你的，一切都交给你!”

雀儿看着眼前娇羞的天生，心想：你个登徒子，跟你弟弟一个德行，你弟弟云生在玄天是出了名的风流浪子，好多仙娥都被他调戏过，我还以为你这个做哥哥的会好一些，可是我忘了“上梁不正下梁歪”这个说法，你弟弟都那个样子，你这个做哥哥的肯定也好不到哪里去，我用小小的伎俩就把你心里的想法都诈出来了，哼，衣冠禽兽，看我不扒掉你的衣冠。

虽然心里这么想着，但是雀儿却喜怒不形于色，微笑着说：“这样才对嘛！闭上眼睛，全身放松，我先用浴池之中的水将你的头发梳洗干净。相信我，你的头发经过我的巧手一洗，会变得更贴近大自然，更加柔顺飘逸!”

天生闭着眼睛，池水将他的一头黑发浸透。天生一脸享受地躺在椅子上，满足地对雀儿说：“那我就等待奇迹发生，看看你帮我洗完头发，我的头发怎么变得更加柔顺飘逸，更加贴近大自然。”

天生闭着眼睛，自然看不到雀儿的一脸坏笑。雀儿从随身的“雀灵箱”之中取出了一个碧绿色的瓷瓶，将瓷瓶的瓶塞拔出，又把瓷瓶之中翠绿色的液体倒在了天生的头发上。

雀儿噘着小嘴儿，一边给天生揉头发一边小声嘟囔着：“登徒子，伪君子，装清高，假正直，大色鬼，不要脸……”

“你刚才把什么倒在了我的头发上？你嘟囔什么呢？是在给我

唱歌吗?”天生问。

雀儿闻言，气更不打一处来，心里一生气，手上的力道就加重了，“没有啦，刚才倒上去的是‘草木之灵’，能够滋养你的秀发……”可是雀儿没有说的是，这草木之灵除了滋润头发之外，还会给头发的颜色带来那么一丝丝变化……

“白羽，你轻点，有点疼了。”天生闭着眼睛，眉头微皱着说。

“哦？是吗？对不起啊!”嘴上说着对不起，手上的力道却一点儿都没减。

天生感觉头发上的力道没有减弱，却不好再说什么，只好这样微笑着忍着。

雀儿就这样搓啊搓啊、洗啊洗啊，天生万年以来没掉过一根头发，这一次掉了一万年的……

“你不要动，我接下来要用雀灵术将你的头发吹干。”雀儿说，随即念起了咒文，“云雀双翅扇，梨花随风散，闲时望云海，归来登天山，风来，风来!”

清风之中带着些许热气，还夹杂着梨花的清香。香风拂面，又拂过天生湿漉漉的头发，不一会儿，天生的头发便被吹干。天生的头发带着梨花的香气夹杂着“草木之灵”带来的青草香，这混合的香味让天生神清气爽。

“你先不要睁开眼睛，”雀儿说，“我带你去镜子前面，等我数一二三，你再睁开眼睛看。”

天生微微一笑，阳光打在浴池的水面之上，又将天生的面庞照亮。他微笑的这一瞬间，雀儿竟然看得痴了。

突然的慌神让雀儿心中很惶恐：莫不是我喜欢上他了？不可能，我不可能喜欢上他，我也不能喜欢他，刚刚觉得他英俊，这一定是我的错觉，对，错觉。

雀儿踮起脚尖，看了看天生紧闭的双眼，想要确定他有没有偷看。可是，雀儿实在离天生太近了，虽然目的单纯的雀儿没有任何感觉，但是天生却可以感受到雀儿散发出来的温度。雀儿吐气如兰，那味道比梨花香与青草香混合的香味还要好闻。天生不自觉地咽了口水，刚刚恢复正常没多久的白皙脸庞又变得通红起来。

雀儿看到天生的脸变红，才意识到刚刚自己究竟离他有多近，随即赶忙掩饰这份尴尬，“你……你别误会啊！我刚刚只是为了检查一下你究竟有没有偷看。要是你敢偷看，我就戳瞎你的双眼。”

天生闻言，脸上的红晕便渐渐退却，心想：为何“白羽”现在会这样跟我讲话？似乎换了一个人似的，脾气都改变了。难道是以为跟我太熟悉的缘故？还是因为我几次三番地麻烦人家，人家心中有了不满？又或者这两种原因都有？一定是因为这两种原因都有，哎，我真是个笨蛋，总因为这样或者那样的原因给人家添麻烦。

“天生，天生，我在跟你说话，你听到没有？”雀儿问。

“抱歉，抱歉，我刚刚走神了。你刚才跟我说的是什么？”天生不好意思地说。

“你这家伙，也不知道你脑子里整天在想什么。我是说，现在地面又湿又滑，你一会儿牵着我的手，我把你带到镜子前面，然后我数一二三，你睁开眼睛看看自己的样子。”雀儿说。

“好，那你牵着我。”天生把手伸了出去，雀儿很自然地牵起了天生的手，将他牵到了一面巨大的镜子前面。这面镜子，雀儿在给天生清洗头发的时候就发现了，所以才想着让天生亲眼看看自己变成了什么样子。

这面镜子，名为“忘川镜”。数千年前，忘川河河水泛滥，冲进了玄天的极寒之地，汹涌的忘川河河水被瞬间冻住。这面忘川镜的原材料就是那被冻成坚冰的忘川河河水。传说之中，普通的玄天之人喝下一口忘川河的河水便会忘记一切；像天生、白羽、雀儿和云生这样修炼千年甚至万年的仙人如果喝下忘川河河水，不单单会被抹除记忆，就连修为也会彻底失去。

“好了，我数一二三，你就把眼睛睁开。”雀儿如葱般的玉指竖起了一根、两根、三根，“一、二、三，睁开眼睛吧！”

雀儿说罢，天生便睁开了眼睛。天生看着忘川镜中的自己，原本的黑发竟然透着丝丝翠绿色的光芒，怎么看怎么像很久之前在忘川河之中见到的那只活了不知道多少年的大绿毛龟。

“这……白羽，你对我做了什么？”天生有些生气地问。

“奸计得逞”的雀儿幽幽一笑，左手叉腰，右手便想扶住忘川镜。

看到雀儿的动作，天生惊恐地大喊一声：“不要碰忘川镜！”

第十九章

# 背后拥抱

看到雀儿的动作，天生惊恐地大喊一声："不要碰忘川镜!"

雀儿被天生这突如其来的叫喊声吓了一跳，"喊什么喊？吓了我一跳。"

天生眉头微皱，说："白羽，你有所不知。这忘川镜的原材料取自忘川河水，或许你听说过这忘川河水的厉害，不要说我们，就连那些存在于天地间不知道多少岁月的大罗金仙，喝下一口忘川河水，不但记忆会消失，就连修为都会消失。如果你刚才触碰了忘川镜，就如同喝下了忘川河水一般，后果……"

"原来是这样……"听了天生的话，雀儿吓出了一身冷汗，如果刚刚自己真的触碰了忘川镜，那后果绝对不堪设想，"你为什么把这么危险的东西放在你的居所之中?"

"这忘川镜，可以看破一切虚妄，无论是谁，只要站在忘川镜前，就会显现出最本质的模样。我在忘川镜之中可以看到自己的身体外貌，同样也可以看出我最初的样子——女娲神尊炼石补天所用的五彩神石碎片。你也可以过来照一下镜子，你的本体云雀也会呈现在忘川镜之中。”

雀儿心想：这忘川镜竟然可以看破一切虚妄，还能照出本体，那我绝对不可以站在忘川镜前面，如果被天生看出我的本体是一只黄雀而不是姐姐的本体云雀，事情就麻烦了。

“我不喜欢这忘川镜，我本来也知道我的本体是什么，也就不需要它告诉我了。先不要说这个了，你赶快把衣服脱了。”雀儿赶忙转移话题。

“脱衣服？你……你要做什么？”天生紧张地问。

“当然是帮你把衣服洗了啊！难不成让你一直穿着满是血污的衣服？”雀儿反问。

“那……那好吧！”说完，天生就准备宽衣解带。

“你……你……你就打算在我面前脱衣服？”雀儿俏脸一红地问。

“你不是说让我把衣服脱给你吗？”天生问。

“那我也没让你当着我的面把衣服脱掉啊！去里间屋子，把衣服换下来，再把脏衣服给我。换好衣服，你就好好休息。我自然会处理好其他事情。”

天生乖乖地去了里间屋子，换了一身干净的衣服，又把脏衣服拿出来给了雀儿。雀儿拿着满是血污的衣服，来到天生居所外的小溪边，一边搓洗衣服，一边抱怨：“这家伙真真是死脑筋，也不知道姐姐看上他什么了，竟然会那样为他无条件付出。”

天生躺在床上，黑色和绿色相间的头发比之前看起来更加舒服。他回忆着“白羽”为他梳洗头发的感觉，阔别已久的心安唤出了天生内心的疲惫，仅仅几分钟，他便沉沉睡去。

雀儿和天生独处之时，云生也因为红线的捆绑作用失效而回到了自己的居所。

云生回去后，沐浴更衣，把身上洗了一遍又一遍，这才把尿臊味去掉。他躺在自己的床上碎碎念："一个白羽，一个天生，我饶不了你们！就是你们让我在那天食花花园里丢尽了面子，让我元气大伤，让我尿裤子。此仇不报非云生，等着瞧吧！那花魁还挺厉害的，我要想想办法将它找到，然后让它继续为我所用！"

云葵在云生的腿上蹦来跳去，云生看着云葵的欢乐劲儿就气不打一处来，冲着云葵吼了一声："喂，你在乐什么啊？我被如此羞辱，你却跳得那么欢腾，你是不是觉得我刚才的想法很好笑？"

云生这一吼，吓得云葵"吧唧"一个屁股蹲儿，从云生的腿上掉到了地上，然后哇哇大哭起来。

云生最看不得别人流眼泪，一看云葵哭了，就连忙说："我的小宝贝儿，你怎么就哭了呀？乖，不哭，不哭。我刚才不是冲你发脾气，我是在说那该死的天生和白羽呢！你别哭了，乖啦！我，我给你吃好吃的！"

说罢，云生起身从果盘里拿了一个自己从灵树上尊的本体灵树上偷摘来的"万年果"，蹲下来递给了云葵。云生说："给，这个给你吃。这'万年果'可好吃了，我自己都舍不得吃呢！你快别哭了，再哭的话就不可爱了，不可爱的话，我就不喜欢你了，快，给我笑一个！"

云葵抱着仙果在屋子里高兴地转了一圈之后，露出八颗牙对云生龇牙咧嘴地笑着。云生一看云葵笑了，就说："这样就对了嘛，这样才是我可爱的小云葵!”

云葵一边吃着仙果，一边“呜呜呀呀”地哼着那不着调的歌谣：“哦哦啊，哦哦啊……”

说来也奇怪，这“呜呜呀呀”的声音在云生听来却异常心安，不一会儿，云生便在云葵这怪调歌谣中慢慢地睡着了。

在云生的梦中，他身骑黑蛇，云葵站在他的肩膀上。云生高高在上，所有天神都臣服在他的神威之下。待他坐上宝座之后，白羽在他身旁给他喂着仙果，天生在他身后给他捶着背。云生在自己的梦中乐不思蜀，不愿醒来。

天生于睡梦之中转醒，向着屋外望去，正看见“白羽”在帮他晾晒衣服。天生欣慰地笑着，坐起身来，慢慢走到了“白羽”的身边。

天生不知道哪来的勇气，从背后一把抱住了正在晾晒衣服的“白羽”。雀儿被这突如其来的拥抱吓得一激灵，她从来没有被任何人如此近距离地接触过身体，连白羽姐姐也只是抚摸过她的头发而已。

“你……你想做什么?”雀儿的声音有些颤抖。

“白羽，你身上的味道，好香!”天生温柔地说。

“你……你先放开我吧……”本想强硬地臭骂天生一顿，可是这紧紧的拥抱让她浑身发软，原本的气愤荡然无存，有的只是一份小心翼翼的妥协。

“不想放开，就想这样抱着你。”天生这不经意间的温柔仍在继续。

“你先放开，这样会被别人看到的。”雀儿有些害羞了。

“这里是我的居所，一般不会有人来这里的，之前云生倒是经常过来，云生……”想到云生，天生的心神世界便是一阵剧烈的动荡，随后眼前一黑，整个人便趴在了雀儿的背上。

雀儿感觉到自己的背上一沉，再叫天生的名字也没有了反应。雀儿知道，天生又一次晕了过去。

雀儿用尽全身的力气将天生背在了背后，“看来，是时候给你运功疗伤了。”雀儿将天生背进屋内，又将他平放在床上，准备用自己的本命灵珠给天生运功治疗。

她将灵珠吐出，口中念念有词：“唯我之名，与之连心。”灵珠便“嗖”的一下蹿进了天生的耳朵，然后直通天生的心脏。

雀儿感受到了本命灵珠的位置，便继续念咒：“入心之湖，蜻蜓点水。”天生的胸口处闪烁着耀眼的光芒，在光芒中显现出了天生有关白羽的回忆。

一幕幕画面呈现在了雀儿面前，她看到了天生和姐姐白羽共赴生死的画面，又感受到了天生心中那份对姐姐白羽的深切爱意。不知怎的，雀儿的内心竟然有了一丝酸楚，像是嫉妒又不是嫉妒，比羡慕多了一丝渴望，比嫉妒少了一份残酷。生活在玄天之上几千年了，她还从未尝试过这样的感情。也许是刚才那久久的拥抱让雀儿本来硬如坚冰的内心稍有融化。

看完了天生心神世界之中的记忆，雀儿便用手掌运功，狠狠地压了一下天生的膻中穴，天生便一口黑血吐了出来。黑血落地，竟然自动蒸发而去。

天生昏睡着，雀儿便在床边守着，这一守便是一天一宿。等第二天同一时间，天生悠悠转醒，一天一夜没有闭眼休息的雀儿对天生说：“我昨日已经将你之前气火攻心之时体内淤积的黑血逼出。

现在你基本没事了，只需休息几天就可痊愈！”

天生叹了口气，问：“我睡了多久？”

雀儿悄悄打了个哈欠，说：“一天一夜。”

“竟然睡了这么久，你一直陪在我身边吗？”

“你受伤未愈，我怎敢离开半步？”

“有你在，真好。”

此言一出，雀儿竟一时之间不知如何回答。雀儿的心情有些复杂，她不愿介入天生和白羽的感情，却无法抑制自己内心对天生暗生的情愫，她想极力压制当时那背后的拥抱给她带来的温柔情感，但这感觉就像弹簧一般，越压制越反弹。

见“白羽”不说话，天生便继续说：“有关花魁的事情，我会在养好身体之后继续追查，到时候还需要你来帮忙。现在你也快回去休息吧，有了精神才好帮我找那花魁的踪迹！”

雀儿不再留恋，她生怕自己再待下去会忍不住开口说：“让我再陪你一会儿吧。”……

雀儿一转身，想要化为本体黄雀，却突然意识到不对。于是，又多转了一圈，化为了一只云雀，飞出了天生的居所，向着娲皇宫内白羽的居所飞去。

天生目送着黄雀仙子越飞越远，心里感叹：她一次又一次帮我，如果有朝一日非要我一命抵一命之时，我定然眼睛都不会眨一下，现在还是什么都别想了，听她的话好好休息，尽快康复。

当雀儿快飞回娲皇宫之时，便从云雀的模样变回了本体黄雀，快速飞向姐姐白羽的居所。

第二十章

# 玄化云葵

雀儿走后，白羽结束了沐浴，换了一身新衣服，又把那白色的面纱戴了上去。

疲惫不堪的白羽躺在云床之上，没有天生在身边的日子变得如此百无聊赖。几千年了，白羽从来没有过这种感觉，一日不见如隔三秋，思念仿佛有形一般，在心脏之中来回游走，在脑海之中不断盘旋。可能这就是爱情吧！

白羽和天生仍旧保持着心神世界的联系，当天生从背后抱住雀儿的时候，白羽能够感受到天生心神世界的异样；之后天生因为云生之事晕倒且心神世界动荡，白羽同样可以感受到。

天生晕倒的同时，白羽猛地从床上坐了起来，她飞身便想赶往天生的居所，可是突然意识到妹妹雀儿现在正在那里陪着天生，况且自己现在这般模样，也没办法见天生。

转身回到屋子里，白羽却怎么样也躺不下了。她在屋子里来回踱步，焦急的心情溢于言表。

心神世界之间的联系只能一对一进行。所以，当雀儿与天生的心神世界建立联系之时，白羽和天生的心神世界之间的联系便断开了。

心神世界断开联系的瞬间，白羽的心好像缺少了什么一样。两个陌生的灵魂因为喜欢相互吸引，因为爱情镶嵌在一起，心神世界断开联系，原本为另一个灵魂腾出的地方便空了，这一空，心便慌了。

“他怎么样了？雀儿的修为能不能为他治疗？我好想去看看他。”白羽自言自语。

一天一夜之后，白羽仍旧醒着。面纱之后的面容苍老而憔悴，眼神之中光芒黯淡。爱情之中的等待，竟是如此折磨人！

雀儿以白羽的模样守在天生身边，白羽同样用自己的方式守护着天生。这一天一夜，天生睡得很踏实，可他身边的这两个女人都异常清醒。

白羽坐在门槛上，抱着双膝，面纱之后的双眸远望着，盼着雀儿的身影出现。

“雀儿，雀儿！”远处突然出现了雀儿的本体黄雀，白羽飞身便向着黄雀奔去。

“姐姐……”雀儿看到白羽，不知怎的，竟然没有了往日的欢脱。以往见到姐姐，都会非常快乐，姐妹二人弹琴唱曲、游览玄天，优哉游哉！可今日见到姐姐，雀儿的心中五味杂陈。

白羽迎着雀儿，二人来到了白羽的居所之内。雀儿的本体黄雀原地一转，化为了一位妙龄少女：一身淡黄色雪纺纱仙衣仙裙，内衬乳白色贴身小衫，袖口裙口处有羽毛般的装饰点缀，足蹬粉底缎面小黄靴；一头黑发松松绾起，雀翎凤尾簪斜插，发尾微卷，几缕淡黄色的头发凸显着俏皮可爱；再往脸上看，脸蛋微圆、下巴微尖，皮肤白里透红如樱珠生晕、美玉生灿，柳眉弯弯，眉尾渐淡，眸如弯月，下配卧蚕，粉唇轻巧，笑靥单悬。

雀儿要比白羽矮上一些，与冷艳端庄的白羽相比，雀儿更显清雅灵秀，真真是越看越好看。

冷艳端庄的白羽是玄天之上出了名的"冰美人"。别看她在天生的面前那样的"放飞自我"，在其他人面前可从来不是那个样子。

白羽的身姿修长丰盈，婀娜窈窕：一袭白色拖地云花裙，内衬浅蓝色锦缎裹胸，胸前的衣襟之上还配有乳白色的蕾丝花边，足踏白底蓝面尾羽靴，冬天时还会外罩观月锦缎飞鸟氅；发髻高绾，斜插一支凤翎龙鳞簪，黑发如瀑，典雅至极；双眸似水，水光潋滟，眼波流转，却带着淡淡的冰寒；肤如凝脂，气若幽兰，却时刻散发着"生人勿近"的气息一般；粉黛不施，蛾眉淡扫，朱唇轻启，君王不朝。

白羽曾经是许多玄天仙郎眼中不二的仙侣人选，可是现在……

白羽问雀儿："你见到他没有？他怎么样？我方才感受到了他心神世界的震荡，是不是又是因为云生的事情？"

这连珠炮似的提问，让雀儿一时之间不知应该如何回答。眼前这个满心热切的女人真的是自己的姐姐白羽吗？之前那个冷若冰霜的娲皇宫接引仙子去了哪里？为什么爱情会让人发生如此巨大的变化？

雀儿淡淡地说了一句："嗯，我见到他了！"

白羽追问："他现在情况如何？"

雀儿回："姐姐放心，天生的身体经过我的细心调理之后已经没有了暗伤，再多休息几日便可完全康复。"

白羽又问："那他有没有跟我说什么重要的话？"

雀儿被这么一问，一时之间竟然没有反应过来。是了，自己当时是以姐姐白羽的面貌出现在天生面前的，所以姐姐才会有这样的问题问出来。

"他……"雀儿顿了顿，说，"他还是很担心姐姐你，一直在道歉，说自己不应该那样跟你说话，不应该那样对你。"

雀儿将天生的话全都告诉了姐姐白羽，但唯独隐去了那个拥抱。雀儿也不知道自己为什么会不告诉姐姐那件事，她脑海里满满的都是天生那句"你身上的味道好香"，虽然天生的嘴里叫的是白羽的名字，虽然在天生的意识之中，当时他拥抱的就是白羽，但是雀儿身上的气息，那个被天生称作"好香"的气息，却真真正正是雀儿的体香。

雀儿心想：我这究竟是怎么了？为什么我不告诉姐姐天生抱我的事情？为什么话到嘴边留一半，怎么也说不出来？

白羽点了点头，说："那就好，那就好，我还以为他不会跟我道歉，也不会再来找我了。"

雀儿安慰白羽说："姐姐多心了，依我看，天生心里还是有你的，只不过他跟那登徒子云生之间万年的兄弟情义太过沉重，他也太重视自己的兄弟，所以才会说出那番话来。"

白羽叹了口气，对雀儿说："我何尝不明白他对云生的在意，但我真心希望他能把这两段感情分开来对待。我虽然不奢求他能够给我一个名分，但……"

话还没说完，白羽就捂住了自己的嘴巴。这些话明明不应该说出来，明明应该藏在心里，怎么就这样说出来了呢？

雀儿闻言就是一愣，她也没想到姐姐会说出这样的话来，更没有想到天生在姐姐的心中竟然有如此重要的地位。“名分”一词对于玄天的仙娥来讲甚至比生命更加重要。

雀儿眼珠一转，说：“姐姐，方才我耳朵突然失聪了，什么都没听到。你好生安歇，养好身体，我先回我那里了。”

白羽欣慰地一笑，说：“妹妹兰心蕙质，聪明过人，姐姐方才失态了。妹妹回去住处好生歇息吧！只是今后有关天生的事情，可能都要劳烦妹妹代我去了。”

雀儿不想介入天生和姐姐白羽之间的感情，对于继续帮忙这件事，心中自然一百个不乐意，本想断然拒绝，可话到嘴边，雀儿却说了句：“好！”

白羽面纱之后苍老的脸庞微微一笑，并没有继续说话，那微笑与脸上的皱纹僵持着，似乎在诉说着白羽心中的愤懑，又似乎在彰显着白羽心中的无奈。

雀儿此刻内心也是五味杂陈：对姐姐白羽，雀儿有心疼，有惋惜，也有一丝丝愧疚；对天生，雀儿的感情更为复杂，讨厌之中有一些好感，好感却又上升不到喜欢的层面，想喜欢却不敢喜欢，毕竟姐姐白羽为天生付出了那么多，而天生一直喜欢的也是姐姐白羽……可是，雀儿不知道更不愿意承认的是，她的的确确喜欢上了天生。

爱情中的欢喜，偶尔会有期许，偶尔会有妒忌，偶尔会有逃避，却从来不讲道理。

雀儿的住处就在白羽居所的不远处。雀儿离开后，白羽本打算继续休息，却辗转反侧，无法入眠。于是，白羽走出屋门，来到场院中她心爱的云琴前，一边回忆着往事，一边吟唱：“摘一片心云，叹一阵琴韵，回首一片过往烟云。泪水燃成灰烬，谁人曾倾心？看不穿梦中的沉浸，是虚无还是倾心。”

唱着唱着，白羽颤抖着肩膀哭了起来，本应从面庞上滑下的眼泪，却因为满脸的皱纹而横流。白羽真的为天生付出了太多太多。

她悠扬的琴声让漫天白云变成了片片雪花，飞舞的雪花染白了她的头发也染白了她的心。

雀儿的居所就在不远处，她听到白羽的琴声后本想过去安慰，但是心想：倘若我此刻过去，以我的性格，肯定会说出天生抱我之事，虽然天生把我当成了姐姐白羽，但是姐姐难免会心存芥蒂，绝不能因此让姐姐陷入情劫，情劫一陷必遭天谴，后果不堪设想。

云生在自己的居所之内呼呼大睡，一觉醒来觉得口渴无比，就闭着眼睛伸手摸着床边的水杯。不过怎么摸也摸不到。这时，水杯竟然被递到了云生的手中。云生的手碰到了递给他水杯的那只手，他“啊”地大叫一声，睁开眼睛，翻身下床。

只见一位一袭黑衣的少女拿着水杯，亭亭玉立地站在他面前。

第二十一章

# 巫山云雨

一位一袭黑衣的少女拿着水杯，亭亭玉立地站在云生的面前。

少女一头黑发却隐隐显现出血红色，上配金红色天食花花簪；一身黑色锦缎长裙，内衬血红色棉质小衫，酥胸半露如凝脂，素腰盈盈不堪握；黑色锦缎长裙于大腿处开衩，修长的玉腿在裙摆飘动中若隐若现，让人不免心生遐想；足蹬粉底缎面小靴，上绣血红色团花朵朵。不单单是这一身装扮，那妖艳的面容更让她举手投足间彰显着无比的性感：云纹眉眉角轻挑，狐媚眼如魅如妖，樱桃小口嘴角上翘，眉梢眼角说不尽万种的风情。

云生看到这陌生的女人出现在自己屋内，先是一惊，随后便油腔滑调地调戏起这性感的黑衣少女，“我先不问你为什么平白无故地出现在我的私人居所之内，既然来了，就留下一些东西再走吧！我看你身上穿的那件血红色的小衫不错，把它脱下来送给我怎么样？”

黑衣少女只是看着云生笑了笑，露出了有如瓠犀般的八颗牙齿。

云生看着黑衣少女的笑容便是一愣，自言自语道："这笑容怎么那么熟悉?"

黑衣女子挽住了云生的手臂，把云生的手臂往自己的酥胸之上蹭了蹭，脑袋在云生的胸口处摩擦着，说："主人，是我，我是云葵啊！您不认识我了吗?"

云生闻言又是一愣，诧异地说："你……你……你是云葵？你怎么可能是云葵呢？云葵还是一个尚未化形的小绒球……不可能，你不可能是云葵。"

说完，云生便将这黑衣女子一把推开。黑衣女子并没有觉得尴尬，依然保持着脸上的笑容，说："主人有所不知，'万年果'对于尚未化形的灵虫来说异常珍贵，吃下万年果便省去了万年的修炼时间，灵虫可以直接化形成人。"

"这万年果有那么大的效用？为什么我之前吃了一点儿用处都没有呢？就是比较甜而已。"

"主人，万年果对您来说没有用，因为您已经拥有了仙体。但是对我们这种没有化形的灵虫来说，万年果就显得无比珍贵。"

"原来是这样。那这么说，你真的是云葵？不，我还是不相信。"

云生还是不敢相信眼前的一切，黑衣女子"嗖"的一下变成了黑色小绒球跳到云生的肩膀上，蹦蹦跳跳地说："你现在总该相信了吧!"

云生见眼前的黑衣女子化身成了云葵本体模样的小球，仔细辨别气息之后发现，真的是云葵!

向来喜欢漂亮小姐姐的云生喜出望外，没想到当初的"黑煤球"竟然变成了亭亭玉立的花季美少女。云生说："云葵，原来真的是你。这……这也太不可思议了。不得了不得了，黑煤球变成了小姐姐，嘿嘿嘿，不得了不得了。”

“嗖”的一下，云葵又变回了黑衣少女的模样。云葵对云生说：“主人，是您让我成功化形，拥有了仙体。云葵自此与您命运相连。”

云生眉头一皱，对云葵说：“你以后别叫我主人，也别跟我这么客气，你这样跟我说话，怎么听怎么奇怪。以后就叫我云生好了，我不喜欢那些规矩，因为我从来不守规矩。”

云葵妖媚地一笑，轻轻说：“好，那我就叫你云生！”

这一声“云生”喊出来，云生只觉得浑身酥酥麻麻，心里止不住地痒痒。围着云葵转了两圈，把云葵的上上下下都打量了一个遍，最后把目光停留在了云葵的眼睛处——那是和自己一样的红色眼眸。

“你的眼睛？”

“因为云生的眼睛是红色的，所以云葵的眼睛也是红色的，我的一切都是您给的，我就是您的。”

云葵的话，让云生半天没有缓过神来。云生在玄天之上“浪荡公子”的名号传得非常广远。那些仙子仙娥平日里躲他还来不及，就是因为云生这放荡不羁的性子，见到谁都会撩拨两下。没想到今天他还没有怎么撩拨云葵，反而被云葵突如其来的话拨动了心弦。

云生盯着云葵的眼睛，问：“这些话都是谁教你的？”

云葵一脸茫然地回答：“没有谁教云葵呀！云葵觉得应该跟云生这样说，因为这都是云葵心里的话。”

云生哈哈大笑，说：“这小嘴儿可真甜！我倒是很想知道你的小嘴儿有多甜。”

这时，云葵正想将手里的水杯递给云生，云生接过水杯，将水一饮而尽，把杯子直接扔到了屋外。

水杯破裂的声音吸引了云葵的注意力，云葵转过头去看向屋外。不料，云生摸着云葵的纤纤玉手，一把将她搂在了怀里，说：“我的小美人，你就是玄天派给我的礼物！”

云生的嘴唇印在了云葵的嘴唇之上。云葵不知道云生这是要做什么，但身体却非常诚实地做出了反应。云生的嘴唇很软，比“万年果”的果肉还要软，云葵就学着吃万年果的样子，吮吸着云生的嘴唇。

云生被云葵的反应吓了一跳，他没想到云葵会做出这样的反应。云葵做出了如此的反应，那云生自然不能“示弱”，也就“回敬”了。

其实，别看云生到处撩拨仙女姐姐，过分的身体接触他从来没有做过。只是偶尔会去看一些有关凡间男女之事的书籍，这是他觉得凡间唯一有用的东西。

今天，云生和云葵的吻，既是云葵的初吻，也是他云生的初吻。

激情在迸发，体温在上升，云葵和云生的津液交合在一起，两人的头发散乱了开来。云生一边亲吻着云葵，一边把黑蛇簪拔下，向门外一甩，一条巨大的黑蛇蹿了出去，带出的风将屋门关上。

“黑蛇，给我把门看好，女娲神尊来了，也不能让她进来，小爷我今天要办正事！”

云葵已经彻底瘫软在了云生的怀里，她贪婪地看着云生的唇，仿佛想要一生都沉醉在他的吻里。

“云生……”

“嘘……”云生左手抱着云葵，将右手食指轻轻按在了云葵的唇上，“不要说话。”

云葵将云生的手指含在了嘴里，云生将云葵抱到了床上。

“云生，你要做什么？”云葵的声音听上去都有些虚弱了。

“我，要你。”

良宵一度，共赴巫山云雨；含羞带笑，刺破云花蕊心。

天亮了，云葵害羞地躲在云生怀里，“云生，我本以为这玄天不会有如此的快乐，没想到……”

“没想到玄天之上，除了修仙化形，还有这样的乐趣吧？”云生说，“其实这样的快乐，在玄天之上是被禁止的。还好我在整个房间都设下了禁制，谁也不知道我们这里发生了什么。”

听到这里，云葵有些疑惑，便问：“被禁止的？那云生又是从哪里知道这些事情的呢？难道你之前还和别的仙子发生过这样的事情？”

被云葵这么一问，云生心中便有些慌张，倒不是因为他害怕云葵知道什么，毕竟他确实只是嘴上撩拨别的仙子而已，而是因为他不想让自己在云葵心中的光辉形象受到一点污损。

“当然不是了，我这是从……”云生憋了半天都没把“凡间”两个字说出来，平日里最讨厌凡间的他，竟然会用凡间的方法和云葵一起获得快乐，这是他思想上无法容忍的。于是，云生这样说：“我这是从之前无意中得到的一本古籍之中看到的，那上面有很多奇奇怪怪的图案，上面的男男女女赤身裸体的……别问那么多了，跟你说了你也不懂。”

既然云生不愿意继续说下去，云葵自然不会再问。见云葵不再说话，云生倒是有很多问题想要问云葵。

云生问：“你的本体到底是什么？”

云葵说：“我的本体就是那个黑色的小绒球。原本我一直生活在灵树上尊的本体世界之中，还有一个特别要好的朋友。灵树上尊的本体世界是一棵巨大的神树，里面生活着千万生灵。但是，想要离开这棵神树，就必须拥有化形的能力。只有在化形之后，才能冲破灵树上尊本体世界的法阵结界。我跟我的好朋友修炼时间都很短，没办法化形，但我们每天都在憧憬着神树外面的世界。某一天，我和我的好朋友在追逐打闹的时候，到了一个我们之前从没有见过的地方，这个地方肯定还在灵树上尊的本体世界之内，但是这地方很恐怖很恐怖……我和好朋友跌跌撞撞地到处寻找出去的办法，也不知道因为什么，就好像有什么人指引着我们一样，我们来到了一个树洞前面。这树洞很大，我们看到树洞的另一端有亮光，就钻了进去。从树洞出来，我们便感受不到灵树上尊本体世界内独有的气息了。”

“你们出来了？”

“是啊，我们就这样出来了，”说到这里，云葵有些伤心，“我先出来，她后出来，前后不过一秒的时间，但是当我回头的时候，她已经不见了。”

“那之后呢？”

第二十二章

# 云猿仙岛

“之后我就一直在寻找她，误打误撞闯进了天食花花园。没想到被一株小天食花给吞了下去。”

“你被吃了？”

“对呀，我被吃掉了。但是这个小家伙修为不如我，根本没有能力消化我。我就趁机破开了它的身体，又变成了小天食花的模样。”

云生又问：“你和花魁到底是什么关系？”

云葵说：“这小天食花是花魁的第一代孩子，但不知道为什么，就是长不大，修为也没有任何长进。跟它同样年龄的天食花都已经巨大无比。我吸收了这棵小天食花，身上散发的也是它的气息。所以，花魁就把我当成了那小天食花。这么多年，我一直陪在花魁身边，经常去天坑里陪花魁聊天，还给它唱歌。其实我早已感觉，它知道我并不是它的第一代孩子，但是这么多年的陪伴，我和它之间拥有的这份感情，早就把彼此当成了至亲至近之人。”

云生说：“原来如此，不得了不得了。你说，你还会唱歌？我怎么就从来没听你唱过呢？不公平，你给它唱歌，不给我唱歌，我不干！”

云葵捂嘴一笑，说：“有的灵虫语言系统发达，它们说话，你是可以听懂的；碰巧，我的语言系统并不发达，当我没有化形的时候，我说什么你都不可能听懂的。”

云生又好奇地问：“你既然不会说话，花魁怎么能听懂你的话，还听你唱歌？”

云葵解释说：“花魁与我都是玄天灵物，它和我从根源上同出一脉，自然就听得懂啦！”

云生笑着说：“不得了，不得了。那你现在已经化形了，就给我唱一首歌吧！我也想听一听你的天籁之音。”

说罢，云葵轻轻推了一下云生的胸膛，就离开了他的怀抱，飞向屋子中央。飞了一半，突然发现身子很凉爽，这才想起来早就没了衣裳，半空之中无处藏，于是把床帏裹身上。

云葵笑着对云生说：“云生听好了！”

说完，云葵双手伸直后轻轻抬起，右手一招，被云生衣服盖住的九节血花鞭便向着云葵飞来。云葵双手旋转，那看上去凌厉无比很难驯服的九节血花鞭竟然分裂开来，变成了九个形态各异美艳无比的女子，她们戴着面纱，手中拿着各式各样乐器。云葵再一击双掌，那九位仙子变换了队形开始演奏乐曲。

这时，云葵展露了她婀娜的舞姿，边跳边唱：“我心依依随风起，漫天云裳为我衣。倾城一笑月光曲。只为梨花梦可栖……”

一曲唱罢，云生的三魂七魄仿佛被云葵轻而易举地勾走了。云生看着眼前的云葵，竟一时之间找不出任何能够形容她的美的语言，只是边拍巴掌边说：“天籁，当真是天籁！跳得好，唱得好！好，好，好！”

云葵被夸得有些害羞，便用床帷做成的衣裳的水袖遮住了半边玉面。

云生好奇地问云葵：“我很好奇，为何你会精通歌舞？”

云葵嫣然一笑，说：“灵树上尊的本体世界之内有大片供仙子们练歌练舞的地方。这里与外界隔绝，对她们来说，是最佳的训练场所。云葵和好朋友在灵树上尊的本体世界之内看了几百年仙子们的歌舞，耳濡目染地也就会了一些……云生这是做什么？”

云生拽住了裹缠在云葵身上的床帷，使劲一拽，便将云葵揽在了怀中。云生在云葵的耳边吐气，说：“我的小云葵，你可真是我最意外最惊喜的收获了！”

云葵被云生的男人气息弄得耳朵痒痒的，娇羞地躺在云生怀里说：“只要云生喜欢，云葵天天唱给云生听都可以！”

云生轻轻地刮了一下云葵的鼻子，说：“你之前是我的小绒球，现在你不仅是我的小美人儿，还是我的玄天歌姬，我可舍不得让你天天唱，万一唱坏嗓子怎么办？偶尔，偶尔唱就好了！”

云葵又害羞地往云生的怀里钻了钻。云生忽然眉头一皱，掉转话锋问云葵：“你在天食花花园待了那么久，和花魁还是好朋友，能不能多说一些它的事情？我想了解一下花魁的具体情况，为接下来你要和我一起干的一件大事做准备！”

云葵问：“什么大事？”

云生的眼神之中满是愤怒，随即邪魅一笑，说：“我要报仇雪恨，让天生和白羽不得好死！这次，我要布一个完美的局，将他们置于死地的局。”

云葵看了看云生，她并不在意其他任何人的死活，只要云生开心，她什么都愿意做。

云葵说：“无论云生说什么，云葵都会相信；无论云生做什么，云葵都会无条件付出。”

云生亲吻了云葵的额头，说：“那你说说看，花魁有没有什么别的去处，我们一定要先找到它。”

云葵努力回忆着，说：“的确有一件事可能跟花魁的去处有关。我依稀记得，每隔一段时间，就会有一个身穿白袍、蒙着脸的大个子来看它。大个子每次临走之前，还会在花魁的根茎处撒一圈白色粉末。听花魁说，那个大个子是它的一位生死挚友！”

云生问：“那花魁有没有提过它的那位生死挚友住在哪里？”

云葵说：“好像是住在东南方的云猿岛，那个大个子是云猿岛的岛主。”

云生说：“那我们即刻出发，去云猿岛。看看云猿岛岛主知不知道花魁去了哪里。我们要赶在天生之前找到花魁！绝不能让他跟白羽将花魁消灭。”

云生和云葵穿戴整齐，乘着黑蛇，往东南方飞去。他们越飞越远，仿佛都要飞到玄天的边界了，可还是没看到那座所谓的云猿岛。

云葵说：“我们在这里停下吧！”

云生示意黑蛇停下，站在黑蛇上极目远眺，以他的眼力也看不出云猿岛究竟在何处，便问云葵：“你确定要在这里停下吗？看这个样子，云猿岛并不在这里。”

云葵说：“云猿岛的外围有掩饰阵法，没有接引使者的话，一般不太可能找得到云猿岛的真实位置。不过，就算没有接引使者，我们也可以找到。”

“哦？你有什么好的办法?”

云葵微微一笑：“花魁曾送给我一个小物件，可以派得上用场!”

“什么物件?”

“一片来自花魁本体的粉色花苞的花瓣，花瓣之上刻有小型阵法。花魁当时把它送给我的时候说，如果以后有事想找它的那位朋友帮忙，用这片花瓣就可以找到云猿岛的位置。”

“那还等什么？速速使用那花瓣吧!”

云葵从袖中取出那片巴掌大小的粉红色花瓣轻轻一吹，这片花瓣在空中翩翩飞舞，变成了一艘粉红色的花船。

云生有些惊讶地说：“没想到竟然是一艘花船。”

云葵挽着云生的胳膊，说：“走吧，乘坐这艘花船，我们就可以进入云猿岛了。”

二人从黑蛇身上轻轻一跃，跳上了花船，黑蛇随即变成了发簪，飞回了云生的发髻。

当他们登上花船之后，花船便开始自动行驶。这花船的样子很美，船身是天食花花瓣的形状；船头和船尾分别悬挂着一颗耀眼的明珠，船头的明珠稍大，船尾的明珠较小，两颗明珠散发着十二色光芒；船身两侧分别有六枝透明的水晶船桨，船桨划行时会反射明珠的光芒。

花船前行了大约一刻钟，突然像碰到了什么东西一样，“哐啷”一声响，船体开始有些左右摇摆，随后前进的速度变得缓慢起来。

云生眉头一皱，“怎么回事?”

云葵微微一笑：“云生不用担心，我们正在穿过云猿岛的外层

雀儿
花开曾烂漫，
花落莫追忆。

来世灵树下
奴自为君妻
花开曾烂漫
花落莫追忆
云凤随远山
雨鱼伴清溪
素颜淡青衣
尘缘乱石阶

阵法结界。看!”

云生顺着云葵手指的方向一看，在云层中忽然出现了一座隆起的小岛，与其说是岛，不如说是一座宫殿。这宫殿由白云堆砌而成，远远望去，宫殿的外形好像一只白色的猿猴。

花船的速度越来越慢，最终停在了距离宫殿不远处一个巨大的平台之上。云生和云葵从船上走下来，花船又变回了天食花花瓣的模样，飞回了云葵的袖口。

一个厚重的声音出现在云生和云葵的耳边：“你们可是花魁的朋友?”

云葵回答：“是的，我们是花魁的朋友，花魁出事了，所以我们才来求助于你!”

那声音明显有些急切，“花魁出了何事？前段时间我去探望它的时候，它还安然无恙，怎么会出事?”

云生连忙说：“你的花魁朋友是被名叫天生的小神和娲皇宫的接引仙子白羽连根拔起的，它身受重伤之后不知去向，估计凶多吉少。”

那厚重的声音一阵沉默，空中出现了一阵旋风，将云生和云葵从云猿岛那形似猿嘴的地方卷了进去。

云猿岛中别有洞天，岛中空间很大，足足有百丈高。宫殿的两侧分别站立着一排排身材高大的猿形雕塑，有的表情乖巧，有的表情诡异，有的嚣张跋扈，有的威武霸气。在这样的威严气势下，云生和云葵显得异常渺小，二人战战兢兢地走在云毯上。云毯尽头是一片云幕，云幕上空空如也。

第二十三章

# 控灵血虫（一）

云生有些不解地问：“这里怎么除了这些白猿雕塑之外什么都没有？刚才那声音也不知道从哪里来的？”

云葵看了看四周，说：“虽说花魁曾经告诉过我一些有关云猿岛的事情，但我也是第一次来到这里，并不清楚这到底是怎么回事。”

云葵的话音刚落，云幕上忽然出现了上千组图片。

云生问：“这是什么？”

云葵回答：“花魁曾经跟我说过，云猿岛的岛主特别喜欢解谜游戏。这个东西叫‘图谜’。我想，云猿岛的岛主一定是想让我们先完成这幅拼图。只有解开图谜，才能见到他的真身！”

云生看着云幕上密密麻麻的图片，忍不住抱怨：“那么多图片，我们要拼到什么时候啊？”

云葵看着图谜，说：“图谜看起来复杂，不过，只要我们寻找到其中的奥妙，一切也就迎刃而解了！”

云生又开始抱怨：“这上千张图片看得我眼花缭乱。这云猿岛的岛主可真是刁钻古怪，想见我们就直接见嘛！何必故弄玄虚？”

云葵“嘘”了一声，说：“千万别这么说，传到云猿岛岛主的耳朵里可就不好了。”

这上千幅图片组合而成的图谜让云生眼花缭乱，但云葵却一副运筹帷幄的表情。云葵取出身上的九节血花鞭，将最前端的三节折成了三角的形状，随后将灵力灌注进九节血花鞭中。变形后的九节血花鞭就像指挥棒一样，云葵手持九节血花鞭，将三角形区域在云幕的图谜上不停移动着。云幕上的图片跟随着云葵的指挥，不停地变换位置。

云葵的速度越来越快，到后面，以云生的眼力已经完全跟不上云葵的速度。整整一个时辰过去，眼看就要大功告成之时，云葵突然顿了一下。这不是毫无理由的停顿，对于云葵来说，之前的九千九百九十九张图已经耗尽了她所有的灵力，就是这最后一张图，云葵握着九节血花鞭的手却怎样也无法继续移动。

云生看出了云葵的异样，便开口说：“云葵，休息一下吧！最后这一步让我来。”

云生一个大跃步蹿到云幕之前，将灵力聚于右手，把最后一张图拼到了整个图谜的右下角。由整整一万张图片组成的图谜终于被解开了。这一张完整的巨型图片上有一只独眼“巨云猿”坐在云椅之上，巨云猿背后有一对粗壮的云翼，而这张图片的背景竟然是天食花花魁。但看上去，图谜之上的花魁并非云葵和云生印象之中那样凶神恶煞，反而透着一股子调皮可爱劲儿。

云生组合好图谜正想跳下来之时，图谜之上巨云猿的大手忽然从那云幕中伸出，攥住了云生的右臂。

之前那低沉而浑厚的声音再次出现，“你是谁?”

云生拼命想要挣脱，却发现怎么挣脱也挣脱不开。巨云猿的大手不断用力，云生铆足了浑身的力气与巨云猿的大手较量着，但云生的气势却在不断减弱。

云葵见情势不对，就立刻说：“上尊，我们是来请您搭救花魁上尊的，它现在出事了!”

巨云猿将目光转向云葵，问：“你又是谁?”

云葵解释道：“我曾是与花魁上尊相依为伴的小仙，我经常和他聊天为他解闷，我还在天食花花园见过您!”

巨云猿这时又将眼光瞄向了云生，说：“那他又是谁?”

云葵不假思索地说：“他是为花魁上尊解开封印的云生！请您手下留情!”

巨云猿一听“解开封印”，脸上的表情便有了缓和，他将云生轻轻地放在地上，说：“既然你为花魁解开了封印，便是对花魁有恩。既然是他的朋友，那就是我的朋友。我问你们，花魁现在到底情况如何?”

云葵说：“花魁上尊现在不知去向!”

巨云猿低着头问：“不知去向？出了什么事?”

云生说：“我们也不知道，好像是被天生给逼疯了!”

巨云猿眉头紧皱，似乎有些生气，“天生是谁?”

云生心想：这只巨云猿怎么这么蠢，刚才都跟他交代过一遍了，它倒好，完全把我的话当成了耳旁风。

云生将灵力集中在了咽喉处，像狮吼一般，对着巨云猿大喊：

“花魁上尊被天生打伤，疯疯癫癫地不知跑去了哪里。我们来找您是想让您和我们一起去找花魁上尊，然后替他报仇雪恨!”

云生这一招可真灵，巨云猿听得字字入耳。说来也奇怪，巨云猿就喜欢直来直去，云生的大吼让巨云猿颇为满意。

巨云猿怒吼：“好小子，是个人物！走，你们跟我一起去找花魁!”

云生听到这句话后，与云葵相视一笑。云葵点点头，两人就随着巨云猿一起离开云猿岛，去寻找花魁的踪迹。

出发前，巨云猿一把扯下它身后印有花魁的云幕握在手心，云幕化作了一条青藤，这条青藤作为圆心分裂成了数以万计的藤条。藤条围成了一个球形，这绿色的藤条球像极了一颗卵。

巨云猿说了一声“开”，藤条球瞬间裂开，跳出了一只“小青猴”。

巨云猿对小青猴一声令下：“为我指路。”

小青猴抱拳拱手，腾云驾雾飞出了云猿岛。云猿也化成了一阵风云紧追其后，云生看巨云猿和小青猴越飞越远，就对云葵说：“快，我们也跟上!”

云生从头上拔下黑蛇簪抛向空中，巨大的黑蛇出现，两人就驾着黑蛇向小青猴的方向追去。

一行四人来到玄天的某处，此地阴雨绵绵，空中飘浮着灰色的尘埃，疯了好久早已精疲力尽的花魁倒在灰色尘埃里，四仰八叉地躺着。

小青猴在花魁的身边降落，化作了数万根青藤紧紧地将花魁包裹起来，把花魁活活包成了一个大粽子。

风云散去，巨云猿现出了身形，它看着这个大粽子，随手将一把白色粉末撒在大粽子的边沿，念念有声："静心，静气，静灵。"

咒语念出，那些白色粉末变成了晶体，闪烁着光芒，当光芒一丝丝蹿入花魁的鼻子后，花魁打了一个大喷嚏，这喷嚏声震耳欲聋。一只"血虫"从花魁的鼻孔中飞出，巨云猿当机立断，一脚将这只血虫踩了个稀巴烂。

花魁慢慢睁开双眼，巨云猿关切地问："你这是怎么了？"

花魁睁眼看到巨云猿，满腹的委屈化作了泪水。花魁痛哭流涕，边哭边问："大哥，真的是你吗？"

巨云猿点点头说："是啊，是你的两位朋友赶到我的云猿岛说你出事了，我这才赶来救你。"

花魁看到云生后就赶忙对云生下跪，激动地说："感谢主人救命之恩！"

云生看着眼前这两个巨大的怪物，他深知自己不是巨云猿的对手，花魁是巨云猿的兄弟，却成了自己的仆人。要是巨云猿一个不乐意，自己很有可能被直接拍成肉酱。云生便装傻充愣，挠了挠头，不好意思地说："没事的，没事的，现在你没事就好。以后不要再叫我主人了，我们现在……现在是朋友了。"

巨云猿欣赏地看着云生点了点头，云生心想：好险啊，要是我不说这句话，以巨云猿的火暴脾气，我绝对活不过下一秒。

花魁感受到了云葵身上那份非常熟悉的气息，却不敢确定云葵到底是谁。刚想张口问，云生便说："她是你身边那株小天食花，她现在叫云葵。"

花魁慢慢吞吞地对着云葵说："小天食花，真的是你吗？"

云葵点点头，并没有说破自己最真实的灵虫身份。

朋友相认，一片和谐，云生看这情景，便问巨云猿："上尊，花魁现在怎么忽然不疯癫了?”

巨云猿笑着说:“它疯魔是因为不知道是什么引发了它体内的血虫,它被血虫控制了。血虫吸食着它的灵力,再用灵力控制它的身体,所以你看!”

说完,巨云猿将脚抬起来给云生看,它的脚掌下,血虫的尸体已经烂成一摊肉泥。

云生见状,笑着说:“看来这血虫也没什么能耐,就这么轻而易举地被你给踩死了!”

花魁摇了摇头,解释道:“你错了,血虫怎么可能这么轻易被踩死?大哥为了救我,消耗了不少灵源才从我体内赶出这只血虫,你再仔细看看!”

于是,云生弯下腰仔细地看着那只被踩碎的血虫,那血虫的肉泥中好像有什么东西在动。云生走近一看,竟然是千万条微型血虫在撕咬着巨云猿的脚掌。

“这血虫在……在吃你的脚!”

巨云猿忍着疼痛,并没有太大的反应,“让它吃吧!倘若让血虫一直维持饥饿,它很可能会二度灵变。一旦二度灵变了,它的饥饿程度会翻倍,我们几个根本不够它塞牙缝的。”

不一会儿,这些微型血虫啃食掉巨灵猿的半条腿,然后它们就聚合在一起变回了最初的那只大血虫。这只血虫伸出舌头舔了舔嘴巴,饱餐之后竟然在原地呼呼大睡起来。

第二十四章

# 控灵血虫（二）

饱餐之后的血虫呼呼大睡。

“是时候了，”巨云猿说，“二弟，动手。”

巨云猿手中凝聚了一颗白色光球，花魁手里凝聚了一颗血红色光球，两个光球逐渐融合，形成了一颗巨大的充满了灵力的青色光球。巨云猿从身上拔下一撮白毛放在光球之中，那撮白毛在光球中化成云雾撑满了整个光球。

青色光球不断旋转，不断地有刺从光球之中钻出来。这些刺经过青色光球的孕育，逐渐化为一柄柄小型的“血色双面刃”。

花魁口中念念有声：“以血祭血，以血化血。”

话音刚落，无数把小型的血色双面刃合并成为一把锃亮的巨型血色双面刃。巨云猿将巨型血色双面刃握在手中，三百六十度原地单腿盘旋，便要将仿佛能够开天辟地的巨型血色双面刃劈向正在熟睡之中的血虫。

正在这时，云生汇聚了全身灵力，大喊："住手。"

云生的一声带有音爆效果的"住手"，让巨云猿生生将血色双面刃与血虫的身子错开。"哐啷"一声巨响，血色双面刃将血虫身旁的地面砍出了一条巨大的沟壑。

巨云猿猛地转头看向云生，怒喝道："小子，不要以为你救了花魁就可以为所欲为。你要是不说出让我住手的充分理由，我今天先劈了你!"

云生咽了一口口水，稳了稳心神，说："上尊少安毋躁。您看这血虫，您刚才那么大的动静，它都没醒。我想，这家伙不是不想躲，是它躲不开。"

巨云猿听了云生的话，内心十分好奇，"你继续说，我倒要看看你能说出个什么子午卯酉来"。

云生点了点头，继续说："巨云猿上尊的身体之内含有庞大的灵源，这血虫吞食了您的腿，就相当于吞食了一部分灵源。如果它能瞬间把这些灵源消化吸收，那它肯定会继续吃掉您，当然，我们也都不可能幸免。但是，它在吞食您的腿部之后，选择了沉睡。这就说明它需要时间来消化这些灵源。刚才您那一刀劈下去，血虫根本没有闪躲，证明它现在陷入沉睡，全部的精力都放在消化灵源之上了。"

花魁点了点头，露出几分赞赏之意，"云生分析得很有道理"。

"二弟你别插话，"巨云猿也对云生的分析产生了很大兴趣，"小子，你继续说。"

"这家伙不闪不躲，想来也是有几分依仗，不然它也不敢公然在我们面前呼呼大睡。您如果不信的话，现在大可以用您的大刀劈它两刀，如果能劈得动，那我就把脖子亮出来让您砍。”

“好小子，有你这句话，老猿我不会对你怎么样。你等着，看我活劈了这血虫。”说完，巨云猿手起刀落，血色双面刃锋利无比的刀刃便落在了血虫的身体之上——“铮铮”——竟然发出了金铁交戈之声。

“怎么会这样？”云葵有些不敢相信自己的眼睛。

“果然如此。”云生长出了一口气，心想：幸亏这家伙壳够硬，要不然老子这脑袋都保不住。

巨云猿将巨大的血色双面刃立在地上，朝着血虫啐了一口口水，“你奶奶的，王八壳还挺硬！小子，还真被你说对了。既然你分析了那么久，那你肯定也想出了解决的办法了。说说吧！”

“您可以把血色双面刃散了，恢复一些灵力，接下来可能需要花魁和您的力量了。”云生说。

“需要我们的力量？怎么说？”巨云猿问。

云生心想，这个巨云猿怎么这么笨？什么都需要我跟他解释，空有那么强的实力，真是愚鲁不堪……

云生摊摊手对巨云猿说：“我是这样想的，这血虫我们可以留为己用。只要能控制住它，就能用它去对付天生。毕竟，天生很可能会成为凡间的统治者，白羽还是娲皇宫的接引仙子，他们二人都是女娲神尊十分器重之人。我们直接出手灭杀，就是不给女娲神尊面子。如果用血虫去灭杀天生和白羽，你们大可放心，大不了到时候把一切责任推到血虫身上。我是一定会成为‘天帝’的，到时候我再跟女娲神尊求求情，咱们不会有任何危险。不知我的计划，两位满意否？”

巨云猿冷哼一声，说：“小娃娃，口气不小，还想成为天帝？

我告诉你，那天帝可不是什么人都能做的。别扯那些没用的，我就问问你，怎么对付这血虫?”

云生微微一笑，邪魅的眼神之中透出了一丝智慧，“强行破开显然不会成功，既然外面破不开，那我们就从内部击破。”

“内部击破？云生，你是说夺魂之法？这等邪术妖法我们怎么可能掌握?”云葵问道。

“我们不会，两位上尊一定会。什么叫邪术妖法？那不过是胜利者对失败者的藐视。胜利者的术法就会成为主流术法，代代相传；失败者的术法就被看作是邪术妖法，连个传承的机会都不给。两位上尊存在于玄天之上不止万年，万年之前的玄天还是有夺魂之法的。”

巨云猿眨了眨独眼，看着云生愣了一小会儿，然后开怀大笑，笑声有如惊雷，“哈哈哈，好小子，有脑子！比我强多了！那就按照你说的办。”

巨云猿的一声笑化解了云生的担心，方才云生很怕巨云猿一怒之下将自己一刀切成两半。

花魁说：“云生说得没错，这夺魂之法我和大哥都会，且相互配合，效果极佳。既然大哥同意云生的想法，那我们就现在动手。”

巨云猿点点头，说：“好!”血色双面刃“嘭”的一声散成灵源，分别回到了巨云猿和花魁的身上。

巨云猿对花魁说：“那还是按照老方法，夺了这血虫的魂，将他做成‘血魁猿’。”

花魁点点头，从口中吐出一条带有十八片硕大黄金叶片的“巨青藤”；巨云猿从独眼中射出一条“白色雾线”，白色雾线中出现了十八只通体雪白的“小云猿”。

小云猿们一起扛着巨青藤将血虫绑成了一个粽子，随后，十八只小云猿们分别站在十八片黄金叶之上，形成了“猿葵阵法”。猿葵阵法之中散发着庞大的灵源之力，血虫仿佛感应到了什么一般，开始拼命挣扎，却无奈有巨青藤、小云猿和猿葵阵法三层压制，任它如何挣扎，都只是做无用功而已。

巨云猿一声令下——“猿灵夺魂”，十八只小云猿化成白雾后被黄金叶吸收。当黄金叶完全吸收小云猿后，巨青藤开始发生了变化。巨青藤的枝茎上长出了很多“云丝”，这一条条云丝吸附在血虫的身上，就像输送养料一样将巨青藤的汁液输入血虫的体内。巨青藤逐渐干瘪，无数的云丝在完成任务之后钻进了血虫的体内，一直钻到血虫的本质灵源的所在。云丝将血虫的本质灵源包裹起来，原本的血红色本质灵源逐渐变成了青白相间的颜色。

本质灵源就相当于血虫的灵魂，本质灵源被替换，血虫的灵魂便被彻底剥夺。血虫的眼睛忽然睁开，那双本是红色的双眼慢慢地转变成了青白色。

花魁和巨云猿面对面盘腿而坐，合并双掌异口同声地念出咒文：“魁猿之力，为我所用，青白夺魂，天地再造。”

一道青白色光芒从它们的手掌心蹿出，在半空炸开然后笼罩着血虫。随着青白色光芒消失，血虫变成了一个血红色的怪物。这血红色怪物体型巨大，两条细长的腿上有三个身体，脸上横着长了一圈眼睛，三张青色的大嘴中时不时会吐出像蟒蛇一样的长信子。

获得新生的“血魁猿”朝天怒吼，随后向着花魁和巨云猿叩拜。

巨云猿看着眼前的血魁猿，拍了拍手，说：“这只血魁猿，真丑！”

花魁笑了笑，说：“大哥，血魁猿越丑，实力就越强大。你看它这三个身体，定非池中之物。”

云生心中窃喜：我现在集合了巨云猿、花魁和这个血魁猿，天生啊天生，任你三头六臂，这次也别想逃出我的手掌心，我要亲眼看着你被这些家伙蹂躏！

与此同时，天生正在自己的居所里静心调息。他双手合十，身边环绕着白光，天生坐在白光罩中微闭双眼，眉心处有一颗白点闪闪发亮。

雀儿在自己的屋子里也闲不下来，她从姐姐那里出来之后，满脑子都是姐姐那句“只是今后有关天生的事情，可能都要劳烦妹妹代我去了”。

雀儿将自己的“雀灵箱”翻了个遍，她一边翻一边自言自语：“也不知道该拿什么法器去帮天生寻找那花魁的藏身之处。天生说了，那花魁要是不除，可能会危及玄天。我一定要帮助天生除掉这可恶的花魁。但是我势单力薄，要不要再叫上白羽姐姐一起呢？”

雀儿说出“白羽姐姐”这四字，心中忽地生出一股醋意：不能通知姐姐，以姐姐现在的面貌，肯定没有办法见天生，以后就由我来陪着天生，不需要姐姐插手。

## 第二十五章

# 莫衷一是

雀儿心想：以后就由我来陪着天生，不需要姐姐插手。

雀儿被自己的想法吓了一跳，自己怎么会如此？白羽和天生是相互喜欢的，自己成仙千年，看尽了玄天的悲欢离合，也发誓绝不会动真情，绝不会插手天生和姐姐白羽之间的感情。可天生的怀抱是那样的温暖，他的话语是那样的让人难以忘怀……自己究竟应该怎么办？

雀儿一边纠结着，一边翻找着“雀灵箱”，一件法器出现在雀儿的眼前。雀儿顺手拿起这个法器，抱在怀里高兴地说：“就是你了，我的小乖乖，终于被我给找到了。接下来就靠你了，不要让我失望呀！”

雀儿怀抱的法器名叫“云踪塔”。云踪塔，是玄天之上诸多类型法器之中不常见的追踪性法器。它的样子很简单，就是一个方中套圆、圆中套方、层层叠加上去的一座小塔，在塔尖上竖着一个圆环。

雀儿看着云踪塔自言自语道："我是现在带着你去找天生好，还是明天再去找天生好呢？如果现在去找他的话，会不会打扰他清修？如果明天再去找他的话，那花魁会不会发着疯去扰乱玄天的安宁？怎么办？到底怎么办才好？看来我的选择困难症又犯了，现在只能依靠云花了，数一数花瓣，看看我到底应该怎么选择。"

于是，雀儿从花瓶里拿出一朵云花开始将花瓣一片一片地剥离，边剥边说："去，不去，去，不去……"

当她数到最后一瓣花瓣的时候，结果竟然是"不去"。这结果显然不是雀儿想要的，她唉声叹气地说："唉，怎么会是不去呢？不行，这次不算，再来！"

她又从花瓶里拿出了一朵花开始揪花瓣……就这样整个花瓶的花都被她一片花瓣一片花瓣地数光了，屋子里散落了一地花瓣。可惜，最后的结果还是"不去"。

眼见天意如此，雀儿忽然坐在地上哭了起来，她也不知道自己为什么会变得这么情绪化。跟随白羽姐姐这么多年，多多少少沾染上了一些白羽姐姐的清冷性子。可自从遇到天生，自从被他抱住，雀儿的心境就变得越来越不平和。

"怎么回事啊？怎么就是不让我去呢？不行，我还要再试试看！"

但是屋内已经没有云花可以让她揪花瓣了，于是，她就又想了一个方法来决定自己到底去还是不去。这个方法就是数手指头，而且这方法百试百灵。

雀儿伸出五根手指头数着："去，不去，去，不去，去。"结果是"去"。

得到了自己满意的结果，雀儿破涕为笑，在屋子里一边亲着自己的那个“去”的手指头一边转着圈。

她还开心地自创了一段舞蹈：摇起黄色裙摆，举起双手，十根手指在空中来回摆动，看上去俏皮可爱，却又也有点像巫师在作法。

雀儿边跳边唱，唱起了一首曲调和歌词都很奇怪的歌谣：“纤纤玉指连我心，我的愿望要成真，飞来飞去飞向那个人，哎呀，我的心，他怎么飞进了我的心？”

载歌载舞的雀儿由于兴奋过度，左脚踩在了右脚上，登时摔了一个大跟头，她才从自我陶醉中清醒过来，走到梳妆台前整理自己的蓬头乱发。

镜子前，她羞红了脸自言自语着：“雀儿啊雀儿，你在想什么呢？你不可以胡思乱想的！天生是姐姐的男人，我不能介入天生和白羽姐姐的感情之中。”

雀儿眉头紧皱，低着头坐在镜子前，而镜子中的雀儿却邪魅地笑着，眼睛一眨不眨地盯着她，说：“想爱就爱喽，怕什么？你要是不去爱天生，就会被你姐姐捷足先登，到时候你哭都来不及。天生现在虽然满脑子都是白羽，但是你可别忘了，他拥抱的是你，是你身上的味道吸引了他。白羽现在一时半会儿根本没办法见到天生，我索性就把天生抢到手，这并不是横刀夺爱，爱情没有先来后到，只有爱和不爱……天生是你的，谁也抢不走。看你这个懦弱的样子，你是不是怕了？或者你宁愿牺牲自己的幸福去成全别人？”

镜子外的雀儿摇摇头，对着镜子说：“你不要胡说，天生和姐姐白羽之间是真正的相互喜欢，我在他们之间无非是扮演了一个信使的角色。我不想介入他们之间的感情，我不想做第三者。”

镜子里的雀儿柳眉倒竖，说：“什么第三者？他们之间只是相互暧昧而已，根本就不是道侣，更不是恋人。天生连白羽的手都没摸过，可他却抱了你那么久。依我看，白羽才是你跟天生之间的第三者。”

镜子外的雀儿表情似乎有了些动摇，“我曾经发过誓，不会让自己置身于这样复杂的感情之中。我很爱姐姐，没有姐姐就没有我的今天，我不会做任何背叛她的事情；我也很喜欢天生，这种感觉，我根本压制不住，越是压制，这感觉就越反弹。”

镜子里的雀儿微微一笑，“爱情本来就是相互选择，你选择了天生，天生就有可能选择你。给他一个机会，也给你自己一个机会，好吗？”

镜子外的雀儿点了点头，随即又摇了摇头：“你别想扰乱我的心智，我可不会听你的话。你是黑，我是白，快点给我消失！你要是再跑出来跟我胡闹的话，小心我用灭魂法器让你消失在这个世界上。”

镜子里的雀儿站起身来，在屋子里转了一圈，不屑地说：“让我消失，你也会消失。我不过是你内心之中的阴暗面而已，我死了，你也活不成。灭魂法器可不会区别对待你我。该说的我都说了，天生是我们的，谁也不可能抢得走。”

“你闭嘴！”雀儿突然站起身，从雀灵箱中取出了自己的武器——雀灵凡雨环，一把将眼前的镜子打碎。

雀儿望着一地的镜子碎片，心情缓缓平静了下来，自言自语道：“她是我，我也是我，都是我……不想了不想了，还是先去找天生比较好。”

说罢，雀儿伸开双臂，眨眼间显出本体黄雀，飞往天生的居所。当她来到天生的居所时，她并没有直接进到屋子里，而是透过窗缝看着屋里正在修炼的天生。

雀儿显露出自己的仙体，静静地在窗外看着天生，看着天生一切的一切，这样的感觉让雀儿心满意足。

天生练功完毕后，伸了一个懒腰，准备去屋外练剑。雀儿看着天生伸懒腰的慵懒模样，竟不禁“扑哧”一声笑了出来。

“谁？”天生心生警觉，转头看向窗外。

雀儿吐了吐舌头，摇身一变，变成了姐姐白羽的模样，从屋门外走了进来。

“是我。”

“白羽？你怎么来了？不是让你回去休息了吗？”

雀儿说：“我来找你是有重要的事商议！”

天生问：“什么事？快坐下说，我去给你泡一杯仙茗。”

雀儿“嗯”了一声后就随天生走进屋。上次来天生的居所，根本没有来得及观察屋内的布置。这次来到这里，雀儿左看看右瞧瞧，忍不住惊叫了一声：“哇哦！”

天生看着雀儿的模样，问：“哇哦是什么意思？”

雀儿笑着说：“我是真的没想到你屋子里的摆设竟然这么规规矩矩，就连屋子的边边角角也收拾得干净利落。还以为你会是那种为了做大事而不拘小节的人，看不出来，真的看不出来。”

天生被雀儿这么一夸奖，不好意思地摸了摸后脑勺，说：“惭愧，惭愧，今天屋里有些乱，让你见笑了！”

雀儿看着天生一脸正经的模样，似乎不像是在夸张，虽说过分的谦虚就是骄傲，但看上去，天生的天性就是如此。

雀儿说：“你这里要是‘乱’的话，那我的居所之内那些乱七八糟的东西，岂不是让我在玄天之上毫无立足之地了？”

天生一听这话，就好像受到了什么刺激似的，立刻将整个居所内摆置整齐的物件都一股脑地弄乱了，原本收拾得井井有条的物件们，现在被扔得满地都是。客厅、卧室、厨房、浴池全都没有幸免于难。

雀儿嘴张得很大，完全不懂天生究竟在做什么，“你……你这是做什么啊？”

天生傻傻地一笑，说：“现在，我也无立足之地了。”

雀儿捏了捏天生的下巴，说：“你还真是个傻子！”

天生握住了雀儿的手，说：“傻就傻吧，只要能跟你在一起，就算我变成灵树上尊本体灵树之上的果子也不要紧。”

雀儿听了天生的话，笑得简直直不起腰来，“你……这家伙，还真是搞笑！”

“家伙？搞笑？白羽，我怎么听不明白你在说什么？”

“咳咳咳，那个……”雀儿一不小心把自己的口头禅暴露了出来，白羽是从来不会这样说话的，雀儿把手从天生的手中挣脱出来，双手捂着胸口，“我是说，你的说法好有趣。不说这个了，你就这样把屋子弄得乱七八糟的，你看看，你看看，都成什么样子了？都快成鸟窝了！”

## 第二十六章

# 仙塔寻踪

雀儿双手叉腰，对天生说："你就这样把屋子弄得乱七八糟的，你看看，你看看，都成什么样子了？都快成鸟窝了！"

天生又是傻傻一笑，说："鸟窝也好，凤窝也罢，只要能跟你在一起，我什么都可以不要，命都可以不要……"

话音刚落，雀儿立刻用她的小手捂住了天生的嘴巴，"不要口出妄言！玄天之上，修仙之人，最忌讳的就是口出妄言。我们一旦轻易许愿，就会在内心种下心结，因果循环，都会落入我们的生命里。不要变成灵树上尊本体灵树之上的神果，不要说什么命都可以不要，呸呸呸！来，跟我一起，呸呸呸！"

"呸呸呸！"天生满是爱意地看着眼前的"白羽"，向着旁边"呸"了三口。

雀儿拍了拍天生的肩膀，满意地说："嗯，这样才像话。你现在先到屋子外面去，一会儿我叫你进来你再进来。”

天生不知道雀儿要做什么，还没来得及开口询问，便被雀儿推推搡搡地挤出了屋子，关在了门外。

雀儿活动了活动身子，拍了拍小手，说：“看我把这一屋子乱七八糟的东西都恢复原样。”

第二天清晨……

雀儿收拾了整整一夜，天生在门外站了整整一夜，屋门打开。

“你……”

“你……”

“我……”

“我……”

“还是你先说吧!”

“还是你先说吧!”

良久的沉默……

“天生，我有个问题，”雀儿忍不住先开了口，“你的居所之内为什么有如此多的东西?”

天生解释说：“毕竟在玄天生活了万年之久，一万年的时间，多多少少都会有些家底。”

雀儿继续问：“那我问问你，你的卧室里为什么会有那么多枕头?”

天生说：“我喜欢收集。”

雀儿继续问：“那我再问问你，你的厨房里为什么会有那么多菜刀?”

天生说：“我喜欢收集。”

雀儿继续问：“那我再问问你，你的浴池里为什么会有那么多的皂灵球？这么多皂灵球，给整个玄天的人洗一遍澡都足够。”

天生说：“我……我喜欢收集。”

雀儿看了看满脸通红的天生，说：“那我再问……算了，我不问了，你喜欢收集。”

天生傻傻地嘿嘿一笑，并没有说话。

雀儿看了看天生，说：“看你那傻样儿！进屋来，看看你的屋子。”

天生跟着雀儿进了屋子，把卧室、厨房、浴池、客厅都转了一个遍，他简直不敢相信自己的眼睛。昨天被自己弄得乱七八糟的屋子竟然被收拾得井井有条，所有一切又都恢复了原样。

天生说：“白羽，你真是太不可思议了！”

雀儿听到天生叫自己“白羽”，心中莫名地有了一丝酸楚，心想：姐姐可不像我这么勤快，平日里她的屋子也是我帮她收拾的。

雀儿叹了口气，说：“我现在都给你规整好了，你要是再弄乱了，小心我……”

雀儿举起手来打了天生的胳膊一下，天生吃痛，用手搓了搓胳膊，“小心你什么？”

天生疑惑地看着雀儿问：“小心你什么？”

雀儿想了想，回答说：“小心我以后都不理你了！”

天生最听不得这句话，要是白羽不理他，他肯定会觉得比死还难受。天生说：“不要啊，不要不理我。除了你不理我这件事，其他什么事情我都可以答应你。千万不要不理我！”

雀儿轻哼了一声，问：“真的什么事都可以答应我？”

天生拼命点头，说：“是，什么事情都可以答应你。”

雀儿笑了，用手整理了一下天生长袍的前襟，说：“那你要答应我，一定要好好照顾自己，就算我不在了，也一定要好好照顾自己。”

天生佯装生气地说：“刚才还不让我随意许愿，现在你又随便许愿？别瞎说，你不会不在的。”

“我会的，”雀儿笑着，但是不知怎的，眼泪不受控制地流了下来，“我会不在的。”

天生一把将雀儿揽在怀中，说：“你不会不在的，我不允许你不在。五年，十年，一百年，千年，万年，千万年，我们要一直在一起。”

雀儿本想挣脱天生的怀抱，她希望自己能够在面对天生的时候保持冷静，但是天生的怀抱真的好温暖，雀儿舍不得离开。

雀儿心想：就让我感受这片刻的温存吧！就算它不会一直属于我，哪怕这几秒钟属于我也好。可能这就是那些玄天众仙不顾天规戒律，就算身损道消也要体会的“喜欢”吧……我躲得开眼前的仙衣，躲得开天边的晨曦，没能躲开你；我躲得开陡峭的山壁，躲得开龟裂的土地，没能躲开你；我躲得开邪魔的戾气，躲得开玄天的神奇，没能躲开你；我躲得开痛苦的回忆，躲得开久别的距离，没能躲开你……

雀儿享受着这片刻的温存，天生也不吱声，就静静地抱着“白羽”。可是没过一会儿，雀儿就猛地挣脱了天生的怀抱，把天生吓了一跳。

“一惊一乍的，你这是怎么了？”

“我差点儿忘了正事，都怪你，本来是过来办正事的，谁让你把自己的屋子弄得那么乱，害得我给你收拾了整整一晚，还把我抱得那么紧，哼！”

“那你倒是说说看啊，到底是什么正事？”

“你不是想找到花魁的藏身之处吗？我有办法！”

“真的？”

“你看这是什么？”

说罢，雀儿从雀灵箱之中取出了云踪塔，对天生说：“你身上有没有有关花魁的东西？比如它的叶子、藤条之类的。”

天生想了想，从百宝乾坤袋之中拿出了一大把黄金叶，对雀儿说：“给！”

“你怎么有这么多花魁的残骸？”

“我……我喜欢收集。”

雀儿已经对天生的“收集癖”无语了，她从那一把黄金叶之中抽出了一个比较完整的，将它放进了云踪塔之中，紧接着，将云踪塔向着空中一抖，云踪塔竟然悬浮在了半空之中。

雀儿将左手和右手的大拇指、食指和尾指对接在一起，打出了手印，随意念动咒语：“圆中有方，方中有圆，方圆之地，无处隐匿。”

咒语念罢，雀儿的大拇指、食指和尾指相接的地方分别射出一条黄色光线，当每一条光线射入云踪塔后，云踪塔的机关都会相应地转动。也就不到一分钟的时间，云踪塔塔门大开。

当云踪塔的机关再次打开之后，那一片黄金叶包裹在黄色雾团中，“嗖”的一下飞出屋外。

黄金叶飞出，云踪塔塔顶便投射出一片云图，云图显示的是整个玄天的地图。

天生看着云图，讶异地说：“你这法器真先进！上面这个闪烁的黄点是不是代表那片黄金叶？”

雀儿说："是的，那就是刚才从云踪塔中飞出的黄金叶。云踪塔是玄天为数不多的几个追踪性的法器之一。"

天生围着云踪塔转了三圈，赞叹道："厉害了厉害了，那黄金叶可以找到花魁藏匿的位置吗?"

雀儿自豪地说："当然可以了，我这云踪塔，比那些大罗金仙的追踪性法器更加先进。普通的追踪性法器最多能够寻找到想要追踪的目标，确定位置之后就不能继续使用了。云踪塔不但可以寻找目标，还能持续追踪，并且可以实时定位，显示在云图之上。"

天生伸出了大拇指，说："真棒!"

雀儿一仰头，回了一句："那是!"

云图之上闪烁的黄点最终停了下来，天生问："这就是花魁的所在位置吗?"

雀儿回答："没错，这正是那花魁所在位置!"

天生眉头紧锁，问："花魁怎么不动呢?"

雀儿不解："花魁为什么要动呢?"

天生解释道："它现在走火入魔了，不可能在同一个位置不动的！这家伙发起疯来肯定会到处乱窜。这其中必有缘故。"

雀儿若有所思，说："那让我放大来看看!"

雀儿掐诀念咒，"塔灵开画"。这时，云踪塔里的层层机关又开始重新组合，当机关重组后，云图不断放大，最终呈现出了一幅立体的画面。

天生一看，眉头皱得更紧了，"原来这里不只有花魁，还有云生和……"

雀儿抢过了话茬儿，说："和他的帮凶们，他们都是一伙的!这下可不好办了，本以为只有一个花魁，现在可好，又多了几个敌人。或许，我们也可以请一些神仙来帮忙!”

天生犹豫了一下，心想：请仙家来帮忙不是不可以，但是如果仙家得知云生和那些魔头是同伙儿，这事再传到女娲神尊那里，云生争取“天帝”之位的路必定不会像以前那么顺畅。哎，这该如何是好?

雀儿见天生许久不说话，便用手在天生面前晃了晃，问：“你在想什么呢？是不是在想哪家仙女姑娘呀？想得都快魂不附体了。”

天生连忙摆摆手解释：“没有没有没有，我怎么会在你面前想其他的仙女姑娘?”

雀儿调侃道：“哦，那就是在我背后会想其他的仙女姑娘了?”

天生说：“是……不不不，不是，你听我解释。”

第二十七章

# 刀俎鱼肉

雀儿银铃般的笑声响起，她笑着说："好了好了，不逗你了，我们说正事儿。我们两个人肯定是无法对付他们的，花魁的强大已经足够让我们焦头烂额了，再加上两个大怪物，还有云生和一个不知名的妖艳女子，我们绝对需要帮手。"

"可是我不想把这件事情闹大，云生还要担任'天帝'一职，我不想让这件事情传到女娲神尊耳朵里。"

雀儿冷哼了一声，生气地说："你这家伙，到现在了还在护着云生？我之前受的伤还不够吗？你还要护着他到什么时候?"

天生叹了口气，说："白羽，对不起，我也不想让你受到伤害。我保证，这次我会好好保护你，不会让你受到任何伤害。"

雀儿对天生的说法并不领情，但内心的声音告诉她，她必须帮助天生。于是，雀儿对天生说："答应我的事情，你一定要做到，不然我发誓这辈子都不会再出现在你面前。”

天生握着雀儿的手拼命点头，像是要获得雀儿的认同，更像是怕雀儿溜走。

雀儿语气平淡地说：“这件事情我们肯定需要他人帮助，你既然不想把事情闹大，那我就请我的姐妹们来帮忙，我想我的姐妹们既不会推辞，也不会将事情外传。”

天生点了点头，他现在完全不敢反驳“白羽”，生怕一句话说不对，“白羽”就会转身离开。

雀儿的手在“雀灵箱”上轻轻一拍，出现了一只造型古朴的银色海螺。

天生看到这银色海螺，惊讶地说：“这……这不是灵树上尊的‘银螺号角’吗？怎么会在你这里？”

雀儿微微一笑，说：“我知道你在玄天广交好友，我也是啊，灵树上尊就是我非常要好的朋友。”

天生紧抱双臂，右手食指摸了摸鼻子说：“我听说云雀仙子不太合群，成仙数千年，朋友只有寥寥几个。看来，传言为假。你和我一样喜欢交朋友。”

雀儿被天生的话惊出了一头冷汗，她这才意识到自己犯了多大的错误。白羽姐姐生性冷淡，她最不擅长的就是交际，成仙数千年，能够说得上话的朋友屈指可数。雀儿就不一样了，她喜欢和各式各样的神仙交朋友，尤其是修仙数万年的大罗金仙。雀儿觉得，跟老一辈的神仙交谈，向来获益匪浅。灵树上尊就是这些老一辈的神仙之中，跟雀儿关系最好的一个。灵树上尊非常喜欢雀儿的那股子机灵劲儿，在某次交谈之后就把自己心爱的银螺号角送给了雀儿。

雀儿心想：还好天生选择相信我而不是相信传言，要是他真的从我刚才的话里分析出来我不是姐姐，那就完蛋了。

雀儿佯装镇定，说："我妹妹雀儿很喜欢交朋友，她会把她的朋友都介绍给我认识。一来二去，大家便都熟悉了。"

天生点点头，说："原来如此。但这银螺号角可是召唤诸天神仙的大法器，你是要吹响它，叫来整个玄天的帮手吗？那云生的事情可全都暴露了！"

"你放心吧！这把银螺号角只是一件仿品而已，而且灵树上尊已经为我调整了银螺号角的频率。我吹响这把银螺号角，只会招来我的一些姐妹。"

"哎，"天生叹了口气，说，"你的姐妹一来，跟我们一起对付云生他们。这样一传十十传百，云生的事情早晚都会传到女娲上尊的耳朵里。唉……"

"好好好，那我把银螺号角收起来，免得你为你弟弟担心，"雀儿收起银螺号角后，"嗖"的一声窜到天生身后，一边给天生捶背一边说，"你别总唉声叹气的，虽说你也一大把年纪了，但总是叹气非常不好，会短命的！"

天生笑着问："我？一大把年纪？"

雀儿解释说："是啊，你就是一大把年纪了啊！你想想看，你至少在这玄天之上生活了上万年，比我年长两千多岁。你说你是不是一大把年纪？"

天生扭过头对雀儿说："好好好，我已经一大把年纪，你正是豆蔻年华！那老爷爷现在需要你给我捶捶背，尊老爱幼嘛，相信你不会拒绝的，哈哈哈！"

雀儿忽然轻中带重地在天生后背上用力一捶，说："哼，尊老爱幼？想得美！”

天生故意咳嗽了几声，说：“女侠好功夫！”他手一挥，将屋外水池中的水引入手掌心，手一翻转，刚才那注水竟然在他手心里变成了一朵液体花朵。花朵颜色透明，内部不停地流动着，说不出的奇特之美。

天生将液体花朵戴在了雀儿的头上，说：“这花送给你，希望能带给你幸运和快乐！”

雀儿俏脸一红，问：“你都是这么哄女孩子开心的吗？还真是奏效呢！”

天生捧着雀儿的小脸儿，说：“我的花言巧语，只对你一个人说。”

雀儿轻哼了一声，一把拍掉了天生的双手，有些生气地说：“你这无耻的样子像极了你弟弟，你们真不愧是亲兄弟。”

天生不好意思地摸了摸后脑勺，说：“我没你想象的那么好……”

雀儿翻了翻白眼，说：“我没夸你！”

与此同时，身在自己住所的白羽一曲弹罢，似乎之前的怨气也消了一半，但对天生的思念却分毫未减。

白羽平心静气地思考着：天生绝非无情无义之人，况且雀儿之后扮作我的样子去跟他见面，他也道歉了。一定是我多想了，想多了才会让我自己的心蒙上了一层怨气。唉！也许他经过了之前那一番和花魁的较量，真的累了；也许云生在他心里的分量真的特别重。还是让天生好好休息一下吧！有雀儿妹妹陪着他，我也放心不少。当务之急，是解决我容颜苍老的问题。既然仙法无法让我的面部复原，我要尽快寻找玄天之上可用的灵药，用来医治好我的脸。

总不能一直这样麻烦雀儿妹妹。

另一边，云生、云葵、巨云猿、花魁和血魁猿此时围成一圈，坐在原地打坐调息。他们从口中吐出各自的本命灵珠，灵珠在半空环绕，五颗灵珠五种颜色，色彩交织、相互碰撞，为彼此补充所需的灵源。

不多时，云生的脸上显现出红润之色，其他几位便收法，将各自的灵珠吞回体内。云葵看着面色红润的云生，说："看来经过这次调息之后，你的灵力有了不少提升。"

云生感受着体内比之前更加磅礴的灵力，一时之间心潮澎湃，他觉得自己一人便可以打败天生和白羽那两个家伙。

巨云猿被血虫咬去的那条腿也重新长了出来，花魁身上的青藤又长满了黄金叶，而血魁猿脸上的那一圈眼睛此时也散发着凶光。

花魁看了众人的样子，问："现在我们就去找那小子算账可好?"

云生想了想，说："不着急，以我们五个人的实力，还怕他跑了不成？现在我们为刀俎，他们是鱼肉。不过，为了万无一失，我们还是先要设置一个强有力的阵法。既然我们几个可以联手，以我对天生的了解，他肯定也会找帮手的。"

云生的想法却有些以小人之心度君子之腹了。哥哥天生事事都在为他着想，为了他的前途，天生甚至不希望将事情闹大，哪怕自己受些伤害也没什么。但云生这睚眦必报的性子不同，哪怕哥哥让他受到一丁点儿委屈，他也会报复。

巨云猿点头说："你说得对，我们想要拿下他，就必须动动脑。要是轻举妄动的话，说不定会被他反咬一口。他找来帮手将我们围困住，那我们五个可就变成瓮中之鳖了!"

云生听了巨云猿的话，心想：这个四肢发达的巨云猿还挺聪明，说起话来一套一套的，我先听听看它有没有什么妙招可用！

云生问巨云猿：“依上尊之见，有何妙法？”

巨云猿摸了摸脑袋，说：“我的想法很简单，等他来了，我们就车轮战，一个一个和他打。等到他筋疲力尽之时，我们就稳操胜券了！”

云生表情上虽然没有什么变化，但是心中却不停地冷笑，他心想：刚才还以为它有什么妙招，没想到它果然是个头脑简单四肢发达的家伙，看来这次非要我亲自出马来给天生设计一个圈套才行，任他叫多少救兵也毫无用处。

云生对巨云猿说：“上尊所言极是，不过此种方法，就算我们最后胜利了，也是胜之不武。上尊觉得呢？”

巨云猿傻乎乎地摸了摸脑袋，说：“的确，他一个小小的万年仙，我们这么对付他，传出去好说不好听。那你说，怎么办？”

云生轻笑道：“还劳烦诸位附耳过来，我怕隔墙有耳。”

以云生为核心的几个神仙在一起密谋着一场“诸神大战”，而身在天生居所的天生和雀儿也在想着该如何才能赢取这场战斗的胜利。毕竟他们只有两个人，两个人要跟五个人对决，这对他们来说，的确是一件几乎不可能完成的任务。

云葵
流光似葳蕤。
体香如桂馥，

随尘归幽暗
铁马伴君归
巫山共云雨
何惧成玉碎
体香如桂馥
流光似葳蕤
红颜薄命催
玄化玉人醉

## 第二十八章

# 花小无双

雀儿呆呆地看着天生，说："我们这可是二斗五，你有没有信心？"

天生摇了摇头，说："没什么太大的信心，不过只能硬着头皮上，其他人的生死我不管，云生只能活捉。所以，必须完胜。"

雀儿问："那你知道不知道他们的弱点？想要完胜，我们只能从他们的弱点入手。"

天生说："如果单是云生一个人的话，我完全没有问题。花魁，可以继续用我的精血来扰乱他的心智。"

雀儿小手托腮，边想边说："其他人呢？你都不认识吗？"

"其他三个，一个女人，两个怪物，从来都没见过他们，"天生说，"等等，你看云生和那女人的亲密程度，你说她会不会是当时被你抓住的那个灵虫？"

雀儿自然知道姐姐白羽当时的经历，但仔细看了看云生身边那个衣着样貌都十分妖媚的女子，并不认为这女子就是之前在云生身边的灵虫。

雀儿说："先不说这妖艳的女子和之前在云生身边的那个灵虫气质不同，单单从化形一事来讲，灵虫化形并不是那么简单的事情。要么，修行万年，经历九天玄雷锻体之苦后化形；要么，服下万年果，直接化形。据我所知，灵树上尊收藏的万年果只有两颗，而且都藏在灵树上尊本体灵树世界内极其隐秘的地方。你……你手里拿的是万年果吗？"

听着雀儿的话，天生便从百宝乾坤袋中拿出了一颗万年果，"万年果本来有两颗，都是云生从灵树上尊那里得来的。他跟我说是灵树上尊看他长得帅送他的，现在看来，他在骗我。"

雀儿从天生的手中接过万年果，仔细端详着，"你还真相信你弟弟的话……原来这就是传说之中的万年果，不过万年果只对灵虫有效果，我们已经获得仙体的吃下万年果之后，顶多尝一尝万年果无比香甜的味道而已。"

天生将雀儿手中的万年果收回了百宝乾坤袋，说："云生从来没有跟除了我之外的任何人亲近过，就连物品也是用过就扔，从不恋旧。很难想象他跟除了我之外的其他任何人形成如此的亲密关系。"

雀儿环抱双臂，饶有趣味地看着天生说："怎么？看着那个女人跟云生在一起，你吃醋了？"

天生的小心思被看穿，说话便结巴了起来，"我……我……我……我没有。"

"你……你……你……你没有才怪呢，"雀儿模仿天生说话，"为什么说那个女人就是之前在天生身边的灵虫呢？"

天生稳了稳心神，说：“万年果有两颗，一颗在我这里，另外一颗就在云生手上。据我所知，云生想要万年果完全是为了好玩，不像我这样喜欢收集。万年果对他来讲，吸引力还不如一个‘云贝’。他极有可能将万年果给那只灵虫吃下去，让灵虫化为人形。”

雀儿说：“原来如此。既然是这样，那我去灵树上尊那里询问一下那两只怪物和这只灵虫的底细吧！知己知彼百战百胜，你趁我去打探消息的时候，也可以准备准备，有什么能用得上的法器都带上，等我回来，我们一起行动！”

“要不要我和你一起去？灵树上尊我也认识！”

“不用啦，我一个人去就好，人多嘴杂，事情越复杂越不好办。”

“好，那你慢一点飞，别着急，累了就休息一会儿再飞！”

“按照你的说法，我估计后天才能飞到灵树上尊那里。好了，再聊下去，天都要黑了。”说完，雀儿原地一转身，化作了一只黄雀。当她意识到变化错误的时候，瞬间又转了一圈，化为了一只云雀。

雀儿心想：好险啊，差点露馅了，幸亏我反应灵敏，黄雀一秒变云雀！我这是怎么了？为什么变回自己的本体会有这么大的负罪感？竟然有一丝羡慕姐姐的云雀本体……我一定是疯了！算了，还是先做正事吧！

雀儿变化的云雀飞到了灵树上尊的本体灵树之前，云雀原地一转，雀儿的仙体模样便显现了出来。

雀儿开口对灵树说：“灵树爷爷，灵树爷爷，您在吗？”

这时，灵树上出现了一张脸，这张脸一副老人的模样，灵树微笑着对雀儿说：“小黄雀，你找我有什么事？”

雀儿问：“灵树爷爷，您的本体世界之中是不是丢了一只灵虫呢？”

灵树上尊保持着微笑，说："我身上有各类灵虫成千上万，有的化形成仙，离开了我的本体灵树世界；有的灵虫化蝶，跟随着万花仙子去了'万花界'；其他的灵虫由于结界的原因，还生活在我的本体灵树世界之中。但是要知道具体某一只灵虫，你只能自己去寻找。"

雀儿有些失望，自言自语道："这可如何是好？"

灵树上尊问："你为何要寻找一只灵虫？"

雀儿并没有正面回答灵树上尊的问题，她答应过天生不会将此事闹大，便找了个理由搪塞了过去。

当雀儿正想回归本体飞走之时，她忽然觉得有什么东西在拉扯她的裙角，低头一看，是一只身高不足十厘米的小灵虫。这只灵虫的长相很可爱，一副笨笨的样子就像个小西瓜，萌萌的黑色大眼睛，身子圆圆的呈蓝色，它的头顶长着两朵粉红色的花，身子下面有一双小短腿，看上去又滑稽又可爱。

灵虫摇着头顶的两朵花，用其中的一只小花拉着雀儿的裙角说："姐姐，姐姐，你能不能陪我玩？"

雀儿将灵虫举到眼前，说："小家伙，姐姐现在没时间陪你玩哦！你的小伙伴们呢？你可以去找他们玩啊！"

灵虫说："我之前有一个小伙伴的，但是我们两个走散了，我不知道它去哪里了……"

雀儿好奇地说："灵树世界这么大，你们两个走散了也很正常。再找找吧，它肯定还在灵树世界里面的。"

灵虫摇了摇头，说："不是的，它不在灵树世界里面了。我们之前找到了一个洞口，偷偷地溜了出去。我们一起钻进了洞口，我被传送回了灵树世界，它应该被传送到外面了。我们走散了……"

灵虫摇摇头显得很无奈，用一种极其委屈的眼神看着雀儿。灵虫越说越伤心，它头顶的两朵花里流出了蓝色的眼泪。

雀儿赶忙说："好啦，好啦，不要哭啦！那姐姐就带你出去，不过姐姐不能一直陪你玩，因为姐姐还有事情要做。你跟灵树爷爷说一下，灵树爷爷同意了，我才能带你出去。"

灵虫破涕为笑，两条小短腿紧跑慢跑地跑到灵树上尊面前，仰着头说："灵树爷爷，我可以跟这个姐姐去灵树世界外面玩吗？"

灵树上尊看着灵虫，笑着说："花小双，你去吧，玩累了记得回来，不要给人家添麻烦。"

花小双抱着灵树亲了一口，说："好的，灵树爷爷，那我走啦！"

灵虫一摇一摆地跑到雀儿身旁，说："姐姐，我跟灵树爷爷说过啦！他同意我和你出去玩。"

雀儿摇身一变，化为一只云雀，随后蹲下身子，示意花小双爬到自己的背上。一阵风起，雀儿驮着花小双，飞向了灵树世界之外的玄天世界。

等他们走后，灵树上尊才慢慢开口："五蕴皆空，缘起性空，因果循环，有因必有果。花小双，你种的因，便由你去结果。万法随缘，望你不要迷失其中。"

说罢，灵树上尊的面容从古树之上缓缓消失……

雀儿和花小双在飞行途中，雀儿问："刚才听你和灵树爷爷说话，他叫你花小双，这个名字是谁给你起的呀？"

花小双想了想，说："是灵树爷爷给我起的。"

雀儿问："那你的那个伙伴叫什么名字？"

花小双发出了几个雀儿根本没有听过的音，似乎是在回答雀儿的问题。

“你刚才说的是你的伙伴的名字吗？”

“是的，”花小双说，“我从出生起就可以直接跟具有仙体的神仙交流，但是它不可以。所以，我们一直是用灵虫的语言交流的。它的名字只能用灵虫的语言说出来，我不知道怎么用你们的语言说它的名字。”

“原来是这样，”雀儿说，“那它长什么样子？”

花小双开心地回忆着小伙伴的样子，说：“它有一身黑色的绒毛，别的灵虫都说它长得像个黑煤球，但是我觉得它是灵树世界之中最可爱的灵虫。”

听了花小双的话，雀儿心想：不会这么巧吧，难道它说的小伙伴就是云生身边的那只灵虫？

“花小双，我问你，会不会有跟你的小伙伴长得一模一样的灵虫？”

花小双若有所思，说：“仙女姐姐，每一个灵虫的样子都是独一无二的，我和我的小伙伴也一样，不会有别的灵虫跟我们的样貌一样。”

雀儿笑了，说：“那，姐姐带你去找你的小伙伴好不好？”

花小双兴高采烈地摇晃着身子，小短腿一蹦一蹦地问：“真的吗？”

雀儿说：“当然是真的了，不过，在这之前，你要先跟我去一个地方。”

花小双好奇地问：“什么地方？”

雀儿说：“到了你就知道了。”

第二十九章

# 狮面灵鹫

雀儿驮着花小双飞往天生的居所。

花小双站在雀儿的背上，迎着风喊道："姐姐，我从来没飞过这么高!"

雀儿抬眼看了看后背上的花小双，它头顶的两朵小花随风飞舞，带动着它整个身子都颤颤巍巍的。雀儿连忙降低了速度，生怕花小双从空中掉下去。

雀儿问："你头顶那两朵小花真可爱，好像两个牛角辫!"

花小双听了雀儿的话，便盘腿坐了下来，有些不开心地嘟起小嘴，说："仙女姐姐，你不要胡说，我是男孩子，那才不是我的小辫子呢!"

雀儿非常惊讶，她完全没有想到花小双是个男孩子。先不说灵虫究竟有没有性别，单从花小双的名字和长相来看，大部分人都会自然而然地认为它是个女孩子。

雀儿说："怎么会是个小男孩？我还以为你是个女孩子呢！你头顶的不是辫子，那是什么呢？"

花小双摇着头顶的花，说："这是我的眼睛，也是我的手，怎么可能是我的辫子？"

雀儿心想：也对，刚才它那蓝色的眼泪是从头顶的花流出来的，原来这小东西有四只眼睛，灵虫真是不可思议。

飞着飞着便到了天生的居所，花小双跳到地上，摇着头顶的两朵小花，问："姐姐，这里就是你要带我来的地方吗？"

雀儿想了想，说："对啊，这里什么都有，没准还能帮你找到你的小伙伴！"

花小双高兴地摇着头顶的花，它仿佛听到了这个世界上最幸福的消息，便大喊大叫："真的吗？我真是太开心啦！哇哦，哇哦，哇哦！"

在内房休息的天生听到屋外的吵闹声便走了出来，一看是"白羽"的本体云雀和一只没有见过的小灵虫，就问"白羽"："它是……灵虫吗？"

雀儿摇身一变，化作白羽的模样，将花小双抱在怀中，一边轻揉着花小双的头一边对天生说："它是花小双，是灵树上的灵虫！"

天生贴着雀儿的耳朵，小声说："你不是去打探云生身边那只灵虫的底细去了吗？怎么带回来一只小灵虫？"

雀儿也凑到天生的耳边说："这只灵虫很有可能和云生身边的那只灵虫是非常亲密的伙伴，我们……"

雀儿和天生的话还没说完，花小双转动头顶两朵花离开雀儿的怀抱，爬到两人的耳朵边，分别在他们的耳朵上轻轻地咬了一口，说："你们在玩儿咬耳朵的游戏，现在我咬到你们的耳朵了，你们要一人给我变一个戏法。"

雀儿和天生对视一眼，然后异口同声地问："变戏法?"

花小双又爬回雀儿怀里，在雀儿怀里蹭了蹭，说："对啊，变戏法。因为刚才我咬到了你们的耳朵，你们都输了，就要给我变戏法呀！我好久都没有看到变戏法了。以前灵树世界每年都会有戏法大赛，灵树世界内的所有灵虫都要参加。可是后来，成仙的成仙了，化蝶的化蝶了，大家都忙着从灵树世界走出去，来到玄天世界。戏法大赛就再也没有举办过。花小双好寂寞，花小双好孤独，好不容易有一个可以每天说话的小伙伴，还跟花小双走散了……"

雀儿这时又贴在天生的耳边说了一句："既然它想让我们变戏法，我们就变给它看。我总觉得它能在接下来的诸神大战之中牵制住那个妖媚的女子。"

天生点点头，说："既然如此，等一会儿戏法变完，我就把万年果给它吃下去。万年果对于我来说，与鸡肋无异，食之无味，弃之可惜。倒不如成全花小双，让它化形。它有了仙体，定会成为我们的一大助力。"

雀儿说："嗯，就照你说的办。"

雀儿对着怀中的花小双说："那我和这个仙郎哥哥就给你变个戏法，不过，戏法变完之后，你要吃下我们送你的一个果子才行。"

听了雀儿的话，花小双的眼睛便一直盯着雀儿，也不说话，就那样一直盯着。

"花小双，你这样看着我做什么?"

"姐姐，你为什么变了一个模样？刚才在灵树爷爷那里，你不是这个样子啊!"

雀儿心想：糟了，百密一疏，刚才去见灵树上尊的时候，用的是我本来的样子，现在是姐姐白羽的样子，这可如何是好？

天生好奇地问："花小双，雀儿姐姐刚才是什么样子？"

还没等到花小双回答，雀儿赶忙抢过话头，说："刚……刚才我变成了妹妹的模样，它看到的是我妹妹雀儿的模样。毕竟，雀儿妹妹和灵树上尊有很好的友谊。我们有求于灵树上尊，用雀儿妹妹的样子出现在灵树上尊面前，不会显得那么尴尬。天生，你说是不是？"

天生摸了摸下巴，点头称是。

花小双萌萌地问："可是你的灵气颜色一直是黄色的，不论你如何变幻模样，灵气的颜色都没有变呀！"

雀儿越听越害怕，生怕自己的"伪装"被眼前这个小灵虫给拆穿，连忙说："好了好了，也许是你看错了。你不是想看变戏法吗？那先让仙郎哥哥给你变个戏法好不好？"

天生也没有太过在意花小双的说法，他现在一心只想赶快解决云生带来的麻烦。与"天帝"和"地帝"的委任相比，其他的事情都可以忽略不计。

"花小双，你看好了，哥哥给你变个好玩的。"说罢，天生拔下头上的白龙簪朝着花小双一丢，簪子化身一条白龙张牙舞爪地冲向花小双。当白龙接近花小双时便张开嘴怒吼一声，然后直冲云端。

花小双看到这条巨大的白龙，兴奋地大喊大叫："哇哦，哇哦，哇哦，好帅！好帅！再来一个，再来一个！"

天生纵身跳上白龙，对花小双喊了一声："那你，再看好了！"

天生手一挥，召唤来一朵白云，然后再一挥手，白云竟然变成了一只有着狮子面孔的巨大白鹰。

这有着狮子面孔的巨大白鹰，在玄天之上有着极高的地位，甚至可以和龙族、凤族相媲美。这一种族拥有着一个非常霸气的名字，叫做“狮面灵鹫”。

狮面灵鹫一出现，花小双的脸色都变了，一瞬间就冲进了雀儿的怀里，瑟瑟发抖的同时还哇哇大哭起来。

雀儿瞪了天生一眼，责备道：“你怎么搞的啊？你看你把花小双吓的！”

天生也不知道花小双究竟是什么情况，委屈地说：“我也不知道它胆子这么小啊！不过，说来也奇怪，白龙它都不怕，竟然会怕狮面灵鹫。”

雀儿说：“狮面灵鹫残忍嗜杀，在玄天之上是出了名的顶级掠食者。不然你以为为什么灵树上尊会建立灵树世界？就是为了保护这些还没有化形获得仙体的灵虫们不被狮面灵鹫一族当成盘中餐。”

天生听了雀儿的话，像是忽然想到了什么，说：“原来如此，原来如此，我知道了。你们等我一会儿，我去找帮手。”

雀儿还没来得及说话，天生就身骑白龙飞出去很远，飞向了鹰天涧的方向。

多年之前，天生游历玄天，在鹰天涧救助过一只受伤的幼年狮面灵鹫。没想到，这只幼年狮面灵鹫竟然是狮面灵鹫一族的少族长，整个狮面灵鹫一族下一代的继承者。

既然灵虫都惧怕狮面灵鹫，那就找狮面灵鹫来帮忙。以天生和狮面灵鹫少族长的关系，就算他找对方帮忙，对方也不会将此事传出去。

雀儿这时为了逗花小双开心，就将脸变成了花小双的模样，一边摇着头顶的两朵花一边对花小双说：“花小双，花小双，你看我是谁啊!”

花小双看着雀儿的怪模样又哭了起来，说：“我不看，不看，你是妖怪!”

雀儿心想：这明明是你自己的模样，小孩子，真难哄……不过，既然是小孩子，应该对糖果没有任何抵抗力吧!

于是，雀儿从“雀灵箱”之中拿出一个“五彩云糖”，递给了花小双。

果然，小孩子就是小孩子。花小双一看五彩云糖就伸出手，说：“姐姐，我要，我要这个!”当它把糖含在嘴里的时候，瞬间破涕为笑，边吃边说：“这糖可真甜!”

四个时辰过去，花小双的肚子好像无底洞一般，一连吃了十八根五彩云糖。

雀儿叹了口气，说：“花小双，不能再吃了，再吃下去牙会坏掉的。”

花小双将第十八根全都塞进了嘴里，说：“可是，姐姐，我没有牙齿啊!”

雀儿已经不想说话了，从“雀灵箱”中拿出了第十九根五彩云糖，递给了花小双。她现在一心只盼着天生赶快回来。

一声高亢的鹰唳，天生骑着一只巨大的狮面灵鹫出现在庭院之中。

花小双感受到了狮面灵鹫犀利的目光，连忙把整根五彩云糖吞进了肚子里，一头扎进雀儿的怀中，瑟瑟发抖。

“你从哪里找来的狮面灵鹫?”雀儿问。

“这是我的好朋友，我曾经救过他，”天生解释道，“不过，他没办法跟你们交流。狮面灵鹫一族很高傲，不喜欢跟外界用同样的语言。我曾经在他们的族群中生活过，他们的族长教会了我狮面灵鹫一族的语言。狮面灵鹫是一切灵虫的克星，而且他们每一只都有很强的战斗力。我们既然要面对云生和他的帮手们，又要对付他身边的灵虫，找狮面灵鹫来帮忙绝对是上上之选。”

第三十章

# 双钟花童

雀儿想了想，说："就算我们有了狮面灵鹫助阵，也仅仅只有三个人，对方一共有五个人。人数上，我们还是占下风的。"

天生好奇地问："我们两个和花小双，现在又多了狮面灵鹫，明明就是四个队友。怎么就成了三个？"

雀儿指了指还缩在自己怀里的花小双，说："你觉得这样的，能算战斗力吗？"

天生苦笑了一下，随即从百宝乾坤袋中取出了万年果，"花小双，你看这是什么？"

花小双伸出头上的一枝花，快速地扫了一眼天生手中的东西，声音颤抖着问："这是什么？"

天生有些诧异，"你没有见过万年果？"

一听到"万年果"三个字，花小双瞬间就从雀儿的怀里蹿了出来，一把抢过了天生手中的万年果。它仔仔细细地将万年果看了一个遍，口水流了一地，“好想把它吃下去，这样我就可以化形，拥有仙体了。”

“你可以把它吃下去，这万年果就是送给你的。”雀儿说。

“真的吗？你们真的要把这么珍贵的万年果送给我？”花小双简直不敢相信自己的耳朵，虽然它并没有耳朵。

“当然是真的了，”天生说，“你还记得刚才仙女姐姐跟你说的话吗？给你变完戏法，就给你一个果子吃。这就是那个要你吃下去的果子。”

花小双再三确定，这的的确确就是万年果，它怎么想也想不明白，这万年果为什么会这么平白无故地落在它手中。

“那我要见到我的小伙伴再吃，现在我要是吃下去了，万一它还没有化形，看到我化形了，它会非常伤心的。”花小双说完，便把万年果吸进了它的皮肤里，这好像是它存放食物的一种方式。

雀儿取出了云踪塔，云踪塔投射出了云生和他身边那个妖媚女子的样子。雀儿指着那个妖媚女子问花小双，“她是不是你的小伙伴？”

花小双仔仔细细地盯着云图上妖媚的女子，突然惊叫一声：“啊！它怎么变成了这个样子？”

天生问：“它就是你寻找的小伙伴？”

花小双点点头，说：“嗯，她就是我的小伙伴。看来，她已经在我之前化形了。还化形成了这样一个妖艳的女子，哼！气死我了！”

说罢，花小双取出了刚刚收进皮肤里的万年果，三口两口就把万年果吃进了肚子里。不到一分钟的工夫，花小双的身体周围便形成了一个巨大的蚕茧。

天生和雀儿对视一眼，完全没有料到事情会是这样的发展。但殊途同归，万年果早晚要给花小双吃掉，它化形之后获得仙体，总比现在的战斗能力强很多。

天生、雀儿和狮面灵鹫就这样等着花小双破茧，这一等就是一天一夜。第二天的这个时候，蚕茧之内突然发出了一阵钟声，细听起来，还是两个不同的钟互相撞击发出的声音。

“这是怎么回事?”雀儿问。

“我也不知道，这也是我第一次见到灵虫化形。”天生说。

不一会儿，蚕茧破开，从里面走出来一个瓷娃娃般的小男孩。只见这小男孩身高约有一百五十厘米，上身长，下身短，两条小短腿格外扎眼；头上梳着两个牛角辫，辫子的头上还配有两朵粉红色的花；穿一身宝蓝色丝绸公子衫，足蹬粉底缎面公子靴，背后背着一红一蓝两口钟；往脸上看，皮肤粉嫩，一双水汪汪的大眼睛透出纯真无邪。

“原来花小双化形之后长这个样子，要是他不说自己是个男孩子，他这个模样走出去，所有人都会认为他是女孩子。”雀儿打趣道。

“是极是极。”天生还在一旁随声附和。

花小双原地转了一圈，看了看自己化形之后的模样，“原来这就是化形的感觉，原来这就是仙体。这感觉真的好奇妙!”

花小双径自走到狮面灵鹫的面前，轻哼了一声，挑衅道：“我不怕你!”

狮面灵鹫理都没理他，把头扭向一边，选择无视这个小家伙。

“花小双，你可不要惹我的朋友啊，”天生警告道，“我的朋友也跟你一样拥有仙体，他的仙体大小是你的十倍。只不过狮面灵鹫一族有规定，不允许在外人面前展露仙体。我曾有幸见识过一次整个狮面灵鹫一族的仙体，我在他们中间，就像是一个三岁的孩童。”

听了天生的话，花小双的小短腿紧跑两步，整个人躲到了雀儿的身后。

雀儿摸了摸花小双的脑袋，说：“现在，我们一切准备就绪了。等一下可能要和你的小伙伴开战。如果可以的话，你帮我们牵制住她，最好把她带离战场。这样你们两个就都不会受到伤害了。”

“好，”花小双虽然不知道他们之间发生了什么，但是眼前的仙女姐姐和仙郎哥哥真的对他很好，他想做一些事情来报答他们，于是，他信誓旦旦地说：“放心吧，我会把我的小伙伴带离战场的。”

“好，”天生说，“那我们即刻出发。”

与此同时，云生带领着他的帮手们来到天河边准备布阵施法。

云生心想：天生啊天生，你那么有本事，一定会找到这里的，这次就看你怎么自投罗网了。和我抢天帝一职，之前还跟我抢白羽，我看这次过后你还怎么跟我抢！

云葵一边给云生揉捏着肩膀，一边对云生说：“云生，你说我们这次设置什么阵仗才能将天生擒获？”

云生眉毛轻轻一挑，做了一个手割脖子的动作，说：“这次我们不活捉他，放虎归山后患无穷，索性给他来个了断！”

听了云生的话，云葵的眼中也闪过一缕凶光。

云生看着眼前这三个身形巨大的家伙，就开口对其中还算比较聪明的花魁说：“花魁，这次咱们都要使出各自的看家本领来对付仇敌，让他尝尝我们的厉害！”

花魁振奋精神，抖了一下周身的藤条和黄金叶，说：“好，这次就看我们的了，让他有来无回！”

巨云猿此时也摇头晃脑地说：“杀他个片甲不留！”

云生看着说话的巨云猿，便问：“上尊，小子有个问题请教。”

巨云猿摆了摆手，说：“不用跟我客气，但讲无妨！”

云生问：“我想知道你和花魁之间的关系。”

巨云猿想了想，说：“这个问题还是让花魁回答吧！我嘴笨，怕说不明白。”

花魁接过话，说：“我和巨云猿是兄弟关系，我们属于云土类灵植和灵兽，依靠云土诞生和成长。最开始的时候我是一株灵藤，而它是由云土日积月累变化而成的灵猿。我们彼此依靠，我为它提供赖以生存的藤汁，它修炼出的灵源会分我一半。我们就这样一天一天地活着，经历了数万年的时光！”

云生接着问花魁：“那我听云葵说，在你被封印的时候，巨云猿经常来探望你，还会在你的周围撒一圈白色粉末，这是为何？”

花魁解释道：“那些白色粉末是让我用来调养生息的，也是一个保护层！”

云生好奇地问：“保护层？”

花魁说：“巨云猿为了保护我不被强横的灵虫或者灵兽侵扰，所以撒了一层护灵粉。这护灵粉中有一种抗灵体，一般的灵虫和灵兽都十分讨厌抗灵体的味道。所以它才会每隔一段时间来天食花花园走一趟！”

云生感叹道：“你们兄弟两个感情真好，相互扶持了数万年。不像我和那个天生，他竟然还想跟我争夺天帝之位，想想我就来气！”

花魁问：“仅仅一个天帝之位就让你们万年的兄弟情义化为乌

有了？”

花魁的问题戳到了云生的痛处，云生心想：何止天帝一职，这万年之间他一直在管着我，不让我干这个也不让我干那个；他倒好，游历玄天，结交好友，我倒落了一个风流浪子的名声，不就是调戏调戏仙子吗，有什么了不起的？

云生说：“我们的关系很复杂，不是一句话两句话能解释得清楚的。总之，我和他有不共戴天之仇，有我没他，有他就没我，我们两个只能活一个！好啦，我们不聊这些没用的了，赶快施法布阵吧，大家都动起来，看看我们摆个什么阵法比较好，最好是可以将天生直接宰了的那种阵法！这次一定要让他死在天河之域！”

花魁想了想，说：“我看倒不如这样……”

第三十一章

# 仙体灵心

天生身骑白龙，雀儿和花小双则坐在狮面灵鹫身上。

“白羽，取出云踪塔，再确定一下云生他们的位置。”天生说。

雀儿将云踪塔取出，说：“云踪塔投射的地点是天河，他们五个全都在天河边，看上去像是在布置什么法阵。”

天生眉头微皱，叹了口气，说：“没想到，他们竟然去了天河。天河有许多我和云生共同成长的回忆，那时我经常带云生一起去天河游泳，还一起抓雨鱼，现在回想起来却恍如隔世。哎，人生若只如初见，何须悲风秋画扇？”

听了天生的话，雀儿便想起了为了救他而毁容的姐姐，冷哼一声，说：“你说这些，有用吗？岁月如初，眉眼如故，只存在于故事之中。玄天之上最为残酷，也许今天还称兄道弟，明天就会刀剑相向。不要再感叹了，你们现在是敌人。”

天生摇了摇头，说：“可他毕竟是我的弟弟……”

雀儿还没等天生说完，就抢过话去，大声喊道：“但他根本没把你当做哥哥！真正的情谊，是默默付出，不求回报。就像姐妹两人同时爱上了一个男子，妹妹知道那男人爱的是姐姐，便不打算介入这段感情，而是默默为他们两个的感情贡献自己的力量……即使心如刀割，即使五内俱焚，她都会成全姐姐和她深爱的男人。妹妹这样做，因为她爱姐姐，她也爱那个男人……”

天生仍旧背着手，望着云端，似乎并没有听清楚雀儿说的话。可能云端风大，风沙迷了眼睛，天生和雀儿都在默默流泪，只有花小双看看这个看看那个，完全不知道发生了什么。

花小双问：“哥哥姐姐，你们怎么了？”

雀儿抹了一把眼泪，说：“没事，我们快到了。等下你一定要牵制住你的小伙伴，将她带离战场。”

花小双拍了拍胸脯，说：“放心，交给我吧！虽然我比她少修炼一千年，但是牵制住她应该没什么问题。”

天生不放心地问：“你真的有信心吗？”

花小双刚才还信心满满，被这么一问，信心瞬间消失了一半，“有还是没有啊？”

天生笑了，说：“我问你有没有信心呢！你倒反过来问我了。”

花小双拍了拍胸脯，说：“我有信心！”

“好，”雀儿说，“你把你的小伙伴牵制住，然后带离战场。此事了了，我把我珍藏的‘九凤琉璃糖’给你吃。要知道，这九凤琉璃糖就算在凤凰一族的族内，也是非常珍贵的东西。”

花小双一听到“九凤琉璃糖”这个名字，几乎要开心地蹦起来了。九凤琉璃糖是每个灵虫都希望吃到的糖，这糖倒不会增加灵力或者寿命，但甜而不腻，是玄天之上最高级的糖果。九凤琉璃糖最大的特点就是“大”，糖如其名，足足有九只成年凤凰那么大。

天生看了看蹦蹦跳跳的花小双和在一旁微笑的“白羽”，转头看向下面的天河，说：“咦？奇怪了。按理来说，天河中应该有很多雨鱼的，怎么现在的天河却没有任何动静？这到底是怎么回事?”

天生让白龙降低一点想仔细看看，这不看不要紧，一看才知道，天河边上散落的全都是雨鱼幻化的灵珠。这就说明，有人大量屠杀了雨鱼。

天生最爱惜的就是玄天和凡间的生命，每个生命都有其存在的价值，天生眼泛泪光，对雀儿和花小双说：“你们看，天河边闪闪发光的，都是天河中雨鱼的灵珠。是谁这么狠心将它们的灵珠散出？这些雨鱼可是凡间大旱时的至宝，这些雨鱼也同样是生命，怎么可以这样残害呢？不行，我要下去看看。”

说罢，就想身骑白龙冲向天河河岸，却被雀儿一把拦住。

雀儿说：“你冷静冷静！这一定是你那个好兄弟云生给你设计的圈套。他知道你平日里最珍视玄天和凡间的生灵，凡间的生灵他无法左右，但是玄天的生灵他可以迫害。如果你中了圈套，现在就冲到天河河岸，肯定会命丧当场。你仔细感觉一下，天河河岸不远处的灵气压力，根本就不是普通的灵气压力。他们一定布置好了强大的阵法，就等我们上钩了。”

天生感觉了一下天河河岸不远处的灵气压力，果然像“白羽”说的那样，浓稠的灵气压力几乎要成为有形之物了。

天生低着头，说：“白羽，对不起，我不应该这么冲动，我……”

天生的话还没说完，花小双背后的双钟之一的蓝色钟突然飞到了空中，变得十分巨大并且飞快旋转，蓝色钟钟口冲外，不断向周围散发着微弱的灵力。

“它这是在做什么？”雀儿问。

“它在寻找我的小伙伴，”花小双说，“我的武器就是这两口钟，蓝色钟是追踪性法器，红色钟是保护性法器。虽然没有很强的杀伤力，但我的武器是由我的心愿和灵力结合化成的，蓝色钟可以探求到非常微小的灵力波动，并且可以飞行；红色钟可以用来作为护盾，也可以用来罩住敌人。我不喜欢战斗，我只想保护对我来说重要的人，所以我的本命法器是这两口钟……找到我的小伙伴了。”

花小双突然腾空而起，坐在了蓝色大钟上面，蓝色大钟载着花小双，飞向了天河的远处。

雀儿问：“我们要不要追上去，他一个人，恐怕不是云生身边那只灵虫的对手。”

天生摆了摆手，说：“不必，我能感觉到他那两口钟的强大。虽然他背后那座红色的钟没有展露出来，但是我感觉如果我被那红钟罩住，肯定无法逃脱。他牵制住他的小伙伴应该没什么问题，我们的战场，在下面。”

一个时辰之前，就在花小双成功化形获得仙体的瞬间，云葵忽然觉得心中发紧眼前发黑。察觉到异样的云生想要过来安抚云葵，但云葵却说：“你好好布置阵法，我去远处的天河河岸走一走。可能是阵法带给我的压力太大了，我心中有些不舒服。”

云生看了看云葵，有些担心地说：“那你不要走得太远，我只能感受到五百丈以内的气息，不要超出这个范围。我怕天生那帮家伙发现你之后，对你不利。”

云葵面色有些苍白，不过这样的苍白面色更加凸显了她的妖媚。她点点头，缓步向着远处走去。云葵走啊走，一边走一边回想着曾经和花小双在灵树上尊本体的灵树世界之中快乐的日子。他们曾经一起偷看过玄天舞姬跳舞，一起偷听过玄天歌姬唱歌，一起看过玄天之上的星斗，一起躲避过狮面灵鹫的追杀……整整两千年，云葵和花小双每天都腻在一起，他们的友谊已经超越了性别，他们虽然没有任何血缘关系，但更像是真真正正的一家人。

只是那一次，他们两个偷偷从洞口钻出来之后，就再也没有见过。

云葵也不知道自己为什么会突然想到花小双，也不知道为什么自己的心里会这么难过。她不知道的是，她心中最为难过的时候，花小双正在经历化形之中最艰难的一关——塑仙体。

灵虫吃下万年果之后的确会化形，但是并不是每个灵虫都可以化形成功。修炼时间越长的灵虫，体内灵源越强大，吃下万年果之后化形成功的概率就越高。灵虫吃下万年果后会化茧，万年果的能量会成为灵虫化形和获得仙体的主要能量，而这巨大的茧则会配合灵虫的心愿和灵源化作灵虫的服饰和武器。云葵的衣服是性感妖娆的，因为她感受到了云生的需要；武器——九节血花鞭，头上的金红色天食花花簪，都是源自与花魁共同生活了许久的经历。

云葵修炼了整整三千年，她的灵源要比花小双的灵源强大数倍；云葵刚刚遇到云生的时候，云生便用自己的仙衣和“百变诀”为云葵塑造了一回本体，内含强大灵力和仙衣搭配着“百变诀”就相当于为云葵初步塑造了一次仙体。所以，云葵的化形要比花小双顺利太多。

云葵化茧的时候，云生正在蒙头大睡；云葵破茧之时，云生仍在美梦之中；等到云生醒来，他才发现之前的那个黑色小绒球变成了一个亭亭玉立、妖娆美艳的大美妞儿。

花小双的化形非常艰难，但是他一心想要见到他至亲的伙伴，这颗心给了他足够的信念，让他成功化形，获得了仙体。

玄天的历史上，有众多吃下万年果后成功化形的灵虫，但花小双是唯一一个拥有双重武器的成功化形者。单从这一点就可以看出花小双对云葵的那颗思念之心的力量是多么强大。

云葵在天河边静静地发呆，她已经没有了身体的不适，一切都恢复了正常。此刻，她只想静静地在这里，回想她当初与花小双在一起时的生活。

这份宁静持续了很久，直到云葵听到了仿佛几百年都没有人用灵虫语言呼唤过的自己的名字。

呼唤云葵的，正是身骑蓝色大钟而来的花小双。

第三十二章

# 诸神大战（一）——神战伊始

花小双身骑蓝色大钟而来，嘴里用灵虫的语言呼唤着云葵的名字。

但看外貌，云葵并不知道眼前这个呼唤自己真正名字的人是谁；但是，灵虫是可以看到灵气色彩的，玄天之上每个生物都有自己独特的灵气色彩，而眼前这个穿着一身宝蓝色衣服，身骑蓝色大钟的少年，正是和自己一起生活了两千年的花小双。

“花小双，花小双，我在这里，我在这里！”云葵上一次这样高兴还是成为了云生的女人的时候。

蓝色大钟降落到地面，缩小以后飞回了花小双的背后。花小双从蓝色大钟上跳下来，直接扑进了云葵的怀里。

花小双感觉到了一片柔软，云葵只是紧紧地抱着他，两个人都没有说话。两千年的时光让云葵和花小双心有灵犀，此刻不需要任何语言，那种曾经相依为命的感觉，一个久久的拥抱便可以完全诠释。

从两只灵虫到分别化形拥有了仙体，云葵和花小双在这短短的几日里，经历了太多太多那两千年的时光中都没有经历的事情。他们不敢放手，拥抱可以感受到彼此的气息，一旦分开，却多了一些陌生和尴尬。云葵知道，一旦放手，她就必须动手封锁花小双的行动，她打算将花小双带回灵树上尊那里，只有在那里，云生不会对花小双下杀手；花小双懂得，面前的这个曾经的小伙伴已经不再是只属于他一个人的了，此刻她的心里住着一个男人，花小双也答应了天生和雀儿，要牵制住自己的小伙伴，让她远离战场。

“你现在也有了新的名字吧?”花小双问。

云葵用手摩挲着花小双的头发，说：“嗯，云生给我起了名字——云葵，云生的云，向日葵的葵。”

“云葵？这名字真好听。可是，你怎么化形之后成了这副模样？是不是那个叫云生的强迫你的?”花小双问。

“不，他没有强迫我，一切都是我自愿的。”云葵的声音很温柔，温柔之中又带着妩媚，“最开始的时候，他用仙衣和‘百变诀’为我重塑灵体，我才得以回归我原本的灵虫模样。就在那个时候，我就决定跟随他了。后来，他又将珍贵的万年果给了我，我能感受到他需要一个女人照顾他，所以我才化形成了这个模样。我爱他，我把身子给了他；他也爱我，让我成了他的女人。他从来没有强迫过我，一切都是我自己的选择。你呢，花小双?你怎么化形的?”

花小双把头往云葵柔软的身子里钻了钻，似乎十分贪恋这种温暖与云葵身上散发出来的浓浓香气，“天生和白羽也送了我一颗万年果，他们也没有强迫我做什么。我本打算遇见你之后将这颗万年果送给你，我只要跟在你身边就好了。可我从云踪塔的云图上看到了你化形之后的模样，我就吞下了万年果，化了形。化形的过程很痛苦，在我将要坚持不下去的时候，我唯一能够想到的就是你。我想见你，有很多事情都想问个明白。”

云葵懂了，原来那个时候自己心里发紧，是因为花小双在化形。

云葵抱紧了花小双，说：“傻弟弟，你不用问，有些事情你自然会明白。到姐姐这里来吧，你会很喜欢云生的。你知道吗？云生会成为‘天帝’，他会掌管整个玄天。到那个时候，我们可以在玄天之上横着走，再也没有人敢欺负我们了。我们不用偷偷地去听玄天歌姬唱歌，也不用偷偷地去看玄天舞姬跳舞，我们可以拥有自己的居所，把她们都叫过来，给我们唱歌跳舞。我们还可以吃最好吃的水果和糖，再也不用饿肚子了，再也不用怕被狮面灵鹫追杀了……我们，再也不用过那种苦日子了！”

云葵回想起了当初和花小双在一起经历过的“苦日子”，眼泪从脸庞滴落到了花小双的头上。

“爱哭鬼”花小双并没有流眼泪，他也抱紧了云葵，说：“姐姐，我们作为两只低级灵虫，相依为命两千年，可是这两千年对我来说绝对不是苦日子。只要有你在，哪怕饿肚子，哪怕被狮面灵鹫追杀，我都不怕。我只怕一件事……”

“什么事？弟弟，你怕什么？姐姐帮你担着！”

“姐姐，我怕你做了错的选择。”

“错的选择？”云葵冷冷一笑，“我怎么可能会做错的选择？跟着云生有错么？化形获得仙体有错吗？想过好日子有错吗？弟弟，就算你不来找我，姐姐也回去找你，姐姐不会忘了你的，姐姐要带你一起过好日子。"

"弟弟很傻，傻到只要姐姐在身边，颠沛流离也觉得是幸福，"花小双说，"但弟弟再傻，也知道如何做选择。姐姐，离开云生吧！他太危险了，你跟着他会有生命危险的。你离开他，我带你一起吃九凤琉璃糖。"

云葵听到花小双要让她离开云生，脸便彻底冷了下来，"这么说，你所谓正确的选择就是站在天生和白羽那边了？"

花小双说："我没站在他们那边，我只做我认为正确的事情，姐姐，跟我走吧！"

云葵一把推开了花小双，刚想开口，云生便驾着黑蛇赶到了。

云葵和花小双所在的位置正处在云生感知范围的边缘，花小双在接近云葵的时候，云生便察觉到了。花小双这股陌生的灵力波动让云生很不安，云生可以感觉到云葵的心神世界变化，那种激动和愉悦的心情，除了云葵破瓜的那晚，云生还是第一次感觉到。阵法这边有花魁和巨云猿操纵着，只要天生和"白羽"不进攻，就没有什么问题。于是，这份好奇促使着云生身骑黑蛇赶了过来。

云葵见云生赶到，心便提到了嗓子眼。因为云葵太了解云生，也太了解花小双了，花小双不会说谎，云生一旦开口询问，花小双必定会将所有事情和盘托出。到那个时候，就算自己再怎么求情，云生也肯定会对花小双痛下杀手。

"小子，你是何人？"云生手指着花小双，问道。

花小双眼见这个男人来到了云葵身边，一眼便认出了这家伙正是将姐姐云葵带上邪道的云生，"哼，你这个无耻的混蛋，就是你害的姐姐！"

"小子，嘴巴放干净点儿，"云生厉声说道，随后又小声问云葵，“这小屁孩儿是谁啊？”

云葵冷冷一笑，“我不认识他，不过听他的所言，他是找你来寻仇的。既然如此，就要让他知道知道我们的厉害。”

云葵说完话，便将九节血花鞭甩出，绑住了花小双，随即带着花小双向着远处飞去，“云生不必担心，等我将这家伙弄死，就过来找你。”

云生刚想追过去，耳边便传来了花魁的密音：“云生快回来，天生和白羽赶到了，还带来了一只狮面灵鹫。”

听到狮面灵鹫这四个字，云生暗暗咬牙：这该死的家伙，竟然叫来了这么强悍的帮手。

随即，跟花魁回话：“十个呼吸的时间，我就会赶到。你们不要轻易出手，让我先去会会他们。”

十个呼吸的时间转瞬就过，云生来到花魁和巨云猿身边，血魁猿站在他的身后。云生抬眼望去，空中，天生身骑白龙，“白羽”坐在狮面灵鹫身上。

云生邪魅一笑，喊道：“我当是谁呢？这不是我那玉树临风的好哥哥天生和我那冷若冰霜的好嫂嫂白羽吗？什么风儿把你们吹到我这一亩三分地来了？”

“云生你哪来那么多话？”雀儿柳眉倒竖，说，“你跟着那花魁怪物一起扰乱玄天秩序，我们今天来这里，就是斩妖除魔来的！”

“云生，”天生一脸正色地说，“那天河的雨鱼都是你杀的？”

还没等云生回答，脾气暴躁的巨云猿便开了口，“你们这两个小娃娃，要打便大，说那么多废话作甚？”

天生和雀儿都不认识这说话之人，但能够感觉到的是对方身上比他们强大数十倍的灵力波动，看来这一仗不好打。

“巨云猿上尊，您先息怒，这两个家伙根本用不着您跟花魁上尊出手，”云生对着巨云猿微微一躬，说，“小子先代您二位跟他们切磋切磋。”

雀儿看了一眼天生，说：“天生，你别出手，我知道你心疼你弟弟，狠不下心跟他打斗，那就让我来！”

天生叹了口气，看向“白羽”的眼神之中有喜欢更有感激，“那好，但千万莫下死手。如若不敌，后退便可，我来接应你。”

云生手持黑蛇刀腾空而起，雀儿从雀灵箱中取出了她的本命灵器——雀灵凡雨环，冲向了云生。

冲劲十足的两个人没有一方减速，看样子这必然会是一场死斗。黑蛇刀和雀灵凡雨环撞击在一起，后退的竟然是灵力雄厚的云生。

“这怎么可能？”云生简直不敢相信自己的眼睛。

第三十三章

# 诸神大战（二）——鲲鹏之力

雀儿微微一笑，说："我这一对雀灵凡雨环，就是由《凡雨典》炼化而出的。玄天之上这几千年的时光，我从来没有使用过它，因为动用雀灵凡雨环就要吸收许多雨鱼体内的灵珠。我不忍心杀生，就像你哥哥一样。你先前在天河屠杀了上万条雨鱼，我便悄悄用雀灵凡雨环吸收了那些灵珠。今日我要打败你，为那些丢掉性命的雨鱼报仇雪恨。"

云生自知理亏，但他从没把什么雨鱼的性命放在心上，厉声喝道："几条鱼而已，杀就杀了。倒是你，大言不惭的，成仙不满万年的小仙也想跟我抗衡？你拿命来吧！"

云生知道没办法硬碰硬，吸收了上万灵珠的雀灵凡雨环是件大杀器，再直接碰撞，自己的黑蛇刀会断掉也说不定。于是，云生将黑蛇刀向空中一抛，黑蛇刀不断旋转，云生口中念念有词："黑蛇

玄天笑舞断苍涯。
灵树悲歌续灵源，
花小双

此情难抑满心言　独留玉人泪葬花
黑云踏境胯下马　白驹过隙手中沙
灵树悲歌续灵源　玄天笑彝断苍涯
蓝天红云夕日斜　相逢无处不为家

出，天地哭，翻江倒海纳万物——万蛇出洞！”

霎时间，千万条大大小小的黑蛇铺天盖地般涌向雀儿，雀儿不慌不忙地将雀灵凡雨环对准眼前的黑蛇，口中念出了长长的法诀：“北冥有鱼，其名曰鲲。鲲之大，不知其几千里也；化而为鸟，其名为鹏。鹏之背，不知其几千里也。怒而飞，其翼若垂天之云。雀灵凡雨，雀化为鹏，于化为鲲，鲲鹏之力，吞天纳地。”

法诀念罢，雀儿口吐鲜血，强忍着没有掉落到地面。再看雀儿的这一对雀灵凡雨环——左手的雀灵环化为了一只巨大的鹏，翼展足有五百丈；右手的凡雨环化为了一只身躯同样巨大的鲲，摇晃着身躯，翻腾于玄天之上。

“这女娃娃好强大的法器，”巨云猿说，“这法器演化出来的‘鲲鹏’应该是‘鲲鹏老祖’的仙体投影，内含‘鲲鹏老祖’的一丝本命灵源。不过，看这女娃娃的样子，应该支撑不了多久。”

“嗯，大哥说得极是，我这就告诉云生。”花魁说。当这鲲鹏出现的时候，花魁也吓了一跳，他生怕云生抵不过那被叫做“白羽”的女娃娃，云生一旦死亡，跟他有血脉连接的自己也会跟着丧命。听了大哥巨云猿的话，花魁悬着的心也算落了地。刚想大声高喊，来告诉云生，却被巨云猿阻止。

巨云猿说：“二弟莫要多言，该守规矩还是要守规矩，你现在讲这些告诉云生，对那女娃娃也不公平。”

花魁一听便着了急，“我的亲大哥，这么关键的时候，这么关键的信息，我怎么能不告诉云生？我跟他有血脉连接，我死了，他没关系；他要是死了，我也就完了。”

巨云猿哈哈笑道：“你这家伙，都说你聪明伶俐，几万年了，却还是没改掉这粗心大意的毛病。你别看大哥看上去傻，但很多事情心里比你清楚得多。要不怎么几万年前被封印的是你不是我呢?”

“那是因为你跑得快,”花魁没好气地说,“那老家伙没抓到你,抓到了我,所以我才被封印在天食花花园的。”

巨云猿安慰花魁,说:“好了好了,莫要耍小性子,好好看看云生的战斗,这个小家伙不简单,不用我们提醒,他的眼睛,贼着呢!”

正如巨云猿所说,他虽然看上去傻乎乎的,但比表面上聪明无比的花魁看事情要更加透彻。所谓大智若愚,莫过于此。

但是,巨云猿也高估了云生的实力。云生虽然修炼了万年之久,但是他的战斗能力也就跟雀儿差不多。云生跟天生不同,天生酷爱交友,其次就是喜欢修炼;云生最喜欢的是各处调戏仙子,游山玩水。因此,疏于修炼的云生面对此刻“火力全开”的“白羽”,显得有些力不从心。

千万条黑蛇在鲲与鹏的面前就如同送上嘴的零食一般,鹏用利爪抓碎几万条黑蛇,随即用巨大的双翼一扇,黑蛇的尸体便全部落入了远处的天河之中,成了雨鱼们的养料;鲲的大嘴一张,身子向前游动,所过之处,无比干净,再多的黑蛇也直接被它吞进了肚子里,连个渣都没剩下。

不到一刻钟的时间,所有的黑蛇都被清理干净,只剩下气喘吁吁的云生和消耗了不少灵力的雀儿在空中远远对峙。

“我今日看在你哥哥的面子上放你一马,闪开道路,让花魁怪物出来!”雀儿喊道。

云生呵呵一笑,自知再打下去也占不到什么便宜,便闪开身子,做了一个请的动作,“您请!”

雀儿见云生如此听话,自知其中有诈,不敢轻易上前。此时,天生发话，说："白羽，回来吧！云生自幼机智过人，这其中定然有诈，你先回来，我们仔细观察之后，再做打算。"

雀儿回到了天生身边，心直口快的她忍不住嘀咕了一句："什么机智过人，明明就是一肚子鬼主意。"

天生听到了雀儿的话，却并没有理会。云生见"白羽"不再上前，便想用激将法激怒"白羽"和天生。

云生说："怎么，哥哥你就只会躲在女人身后吗？让女人冲锋陷阵，也就你这种假君子能做得出来。白羽姐姐，你别跟着哥哥了，来跟着我吧！跟我回去睡一宿，将来我成了天帝，让你在玄天掌管一方世界怎么样？哈哈哈哈哈！"

云生只顾着说话，却没发现天生的周身上下正有巨大的灵气围绕着他的身子波动。云生的话音刚落，天生就突然出现在了他的面前。

"啪"的一声脆响，云生的左脸便肿了起来，浮现出一个手掌印。

"你……你打我？"云生在空中被打得原地转了三个圈，眼泪在眼眶里打转。

"打你让你长长记性，给我滚一边去！"天生厉声喝道。

"一万年了，这是你第一次打我，我不会再给你第二次机会。"说着，云生抄起黑蛇刀，对着天生就是一通乱砍。

天生一边躲闪，一边高声喊道："白龙！"

白龙闻言，化作一把长剑，飞入天生手中。天生将白龙剑顺着黑蛇刀砍来的方向画了一个圆，云生手中的黑蛇刀立刻脱了手。天生抬脚冲着云生最柔软的肚子一踹，"让你滚一边去，你就得滚一边去。"

云生"扑通"一声落入水中，呛了几口水，爬上了岸，他根本不相信哥哥会对自己动手。他瘫在河岸之上，一时之间竟没有了任何动作，看上去似乎精神受到了极大的打击。

雀儿心中暗暗称赞：天生，干得漂亮！你早就该打这家伙一顿！姐姐教训他没有用，只有你这个当哥哥的教训他，他才能认识到错误。

“是我高估了云生这小子的实力，”巨云猿摇摇头说，“二弟，准备动用血魁猿。”

花魁点点头，说：“好，大哥，你我二人一起用灵力操控。”

花魁和巨云猿盘腿而坐，从它们的眼睛、心脏和手的位置分别射出三条灵力丝线，三条灵力丝线在血魁猿头顶汇聚，成一个青白色相间的灵气光球。灵气光球之中钻出了很多灵力丝线，插入了血魁猿的体内。这些青白色的灵力丝线为血魁猿源源不断地输送着灵气能量，同时也传达着巨云猿和花魁二人的战斗意识。血魁猿更像一个扯线木偶，被花魁和巨云猿的灵力丝线操控着。

就像之前云生的顾忌一样，巨云猿和花魁不敢直接向天生和白羽出手，这二人都是女娲神尊的人，虽然灭杀这两个小家伙对于巨云猿来说易如反掌，但是他并不能这么做。因此，巨云猿和花魁才制造出了血魁猿，专门用来对付天生和白羽。倘若失手将白羽或者天生杀了，抑或是他们二人全都命丧天河，完全可以把责任推卸给血魁猿和云生，就说一切是云生指使的，血魁猿自己暴走之后不受控制。这样，巨云猿和花魁就可以全身而退。

云生并不知道他在建议收服血虫之后，花魁和巨云猿竟然有这么长远的打算。面对这两个在玄天之上修炼了几万年的老家伙，云生还是显得稚嫩了很多，以为可以拿着别人当枪使，结果聪明反被聪明误。

天生和雀儿面对如此巨大的血魁猿，也不免暗暗捏了一把汗。不过，好在有狮面灵鹫这样实力强大的帮手，对付起血魁猿来也能省下不少力气。

天生对雀儿说："我骑白龙，你骑狮面灵鹫，我们两个一左一右，围攻这只怪物！"

雀儿点点头，说："好，我们一起宰了这只怪物！"

天生回了一句："杀掉这怪物固然是首要任务，但你一定要保护好自己。"

雀儿双手抓着狮面灵鹫的羽毛，向着血魁猿的右侧飞去。天生身骑白龙，犹如一道白色闪电直冲血魁猿的身体左侧。天生和雀儿就这样绕着血魁猿，与其周旋起来。

第三十四章

# 诸神大战（三）——天残破魔

血魁猿张开大手，六只大手在空中就像老鹰捉小鸡一样想要抓住天生和雀儿。最开始的时候，巨云猿和花魁控制着血魁猿的手法并不熟练，血魁猿的速度非常慢，身子被天生和雀儿还有狮面灵鹫抓得都是血痕，但并没有对血魁猿造成什么实质性的伤害。到后来，巨云猿和花魁的控制手法越来越熟练，血魁猿的速度就越来越快。有几次，甚至都要抓到天生和雀儿，要不是白龙和狮面灵鹫的速度了得，天生和雀儿的身子就会被抓得当场稀巴烂。

天生心想：绝对不能让这家伙的速度再加快，它现在只是单纯地用六只大手进行攻击，谁知道他的身体之上还会出现什么攻击法术？

于是，天生从百宝乾坤袋中取出一柄利剑，随即飞向血魁猿的头部位置，想将它直接斩杀。

当天生刚飞到血魁猿某一个身体的脖子位置时，血魁猿的另一个头就口吐“血箭”刺向天生，这一根根血箭如同暴风雨般紧追着天生，弄得天生一时之间有些狼狈。情急之下，白龙一震身子，身上的龙鳞自动脱落，飞来的血箭击中了龙鳞才停下。

雀儿想通过自己的攻击来缓解天生的压力，便身骑狮面灵鹫攻击血魁猿的双腿，想用雀灵凡雨环切断血魁猿的双腿。可是，巨云猿和花魁不可能让雀儿得逞，他们控制着血魁猿摘下了第三颗头颅之上的两只眼睛，随即将这两个巨大的眼球向下一抛。两只眼球蹿到血魁猿的膝盖周围旋转着，分别停在左膝盖和右膝盖位置观察着雀儿的动静。

雀儿刚想将雀灵凡雨环抛出去击打这两只巨大的眼球，血魁猿腿上的毛孔里瞬间钻出了许多青色蔓藤，青藤上每片血红色的叶子就像长满锯齿的嘴一般，向着雀儿和狮面灵鹫用力咬了过来。

灵力刚才已经消耗了许多的雀儿一时之间没有办法对付这么多的恐怖藤叶，这时，雀儿身下的狮面灵鹫发了威。

狮面灵鹫对天狂啸一声，身上的羽毛不断振动，每片羽毛都闪烁着金光，金光形成了一面巨大的帷幕，任那些恐怖藤叶怎么撞击也无法穿透这层看似轻薄实则坚固无比的金光帷幕。金光帷幕之上出现了一张巨大的蓝光符文，狮面灵鹫对着蓝光符文怒吼了一声，这符文在空中变成一条蓝色绸带，绕着血魁猿的两条小腿用力紧紧一缠，“扑通”一声巨响，血魁猿当即跪倒在地。

天生一看机会来了，就对着白龙喊了一声“白龙剑”，白龙应声化成一把白龙剑，天生双手紧握白龙剑，脚踏祥云围绕着血魁猿三个身子的其中一面身子的头用力画了一圈，血魁猿的一圈眼睛喷出血水，瞬间干瘪了下去。血魁猿疼得在半空中胡乱拍打着。

狮面灵鹫双翼极速拍打，身子迎风变大，一直变得跟巨大的血魁猿一样大，冲着血魁猿便撞了过去。血魁猿被撞翻在地，狮面灵鹫用双爪在血魁猿那失去了眼睛的身体的肚子上狠狠一抓，这具身体被开膛破肚，眼看就活不成了。

狮面灵鹫的双爪分别踩在血魁猿还活着的另外两具身体上，血魁猿此刻失去了控制，任凭巨云猿和花魁怎么扯动灵力丝线，血魁猿都没有任何反应。其实他们忽略了一个问题，血魁猿说到底是由血虫转换而来的，狮面灵鹫是玄天之上所有的血虫的天敌。对血魁猿来说，面对狮面灵鹫是一种血脉上的压制和由内而外的恐惧，尤其是在狮面灵鹫变大之后，这种从骨子里发出的恐惧愈演愈烈。

狮面灵鹫冲着爪下的血魁猿怒吼一声，锋利而巨大的喙直接张开，咬断了血魁猿的第二具身体，几口便将血魁猿的这第二具身体吞了下去。

云生此时缓过了神来，抬眼看到血魁猿被狮面灵鹫踩在了脚下，眼看就快支撑不住了，他冲着花魁和巨云猿大喊："快给血魁猿输灵源!"

"没用的，现在给它输送再多的灵源也于事无补，"花魁说，"丢了两个身子的血魁猿已经被判了死刑。这狮面灵鹫实在太强大了!"

"二弟，莫要长他人志气灭自己威风，"巨云猿说，"血魁猿一死，接下来就是我们，以狮面灵鹫嗜血好杀的性子，就算你我联手将眼前这只年轻的狮面灵鹫击杀，等待我们的会是整个狮面灵鹫一族生生世世的追杀，你我怎样都难逃一死。倒不如战个痛快，将眼前这几个家伙都宰了，我们逃下玄天，去往凡间。"

花魁点了点头，说："事到如今，也只能如此了，一切都听大哥的。”

二人打出了无比复杂的手印，同时喊道：“灵源合一！”花魁和巨云猿双手用力在地面狠狠一击，它们的灵源从身体里顺着手的方向，在地面分别开出两条巨大的裂缝冲向血魁猿。

当灵源达到血魁猿脚下之后，两道灵源裂痕极速蹿上血魁猿的身体。三者的灵源一接触，它们都分别发生了巨大的变化：巨云猿化作了一团白色的灵源直冲天际；花魁化作了一团青色的灵源扎根土地；血魁猿化作了一团血红色的灵源，从狮面灵鹫的爪下逃了出来，飞向另外两团巨大的灵源之间。

三团灵源相互碰撞相互交织，化作了一团更加巨大的三色灵源光团。这三色灵源光团犹如一个巨大的透明蚕茧，蚕茧之中，巨云猿、花魁和血魁猿的身体都清晰可见。

这时，没有任何人敢轻举妄动，天生和雀儿都感受到了这巨大的三色灵源光团中散发出的可怕灵力；狮面灵鹫的本能告诉它，眼前的三色灵源光团十分危险，绝对不能触碰。

约莫一炷香的工夫，三色灵源光团形成的蚕茧之中钻出了一只大手，这大手似乎想要把三色灵源光团形成的蚕茧撕裂。裂口越来越大，一只手、两只手、三只手……足足六只手钻了出来，三色灵源光团形成的蚕茧被硬生生撕裂。

三色灵源光团形成的蚕茧之中钻出的怪物，是全新的血魁猿，它三具身体中遭到破坏的那两具身体被花魁和巨云猿所替代。

云生兴奋地大声呼喊：“不得了，不得了，这才是真正的血魁猿！血虫、花魁、巨云猿合在一起，太强大了！实在太强大了！”

天生和雀儿神情无比凝重地看着眼前的怪物，一时之间不知该如何是好。他们不能完全依靠狮面灵鹫，毕竟，狮面灵鹫只是来帮忙的，而且它只对血虫有着血脉压制，对花魁和巨云猿可没有任何的血脉压制。

情急之下，天生似乎决定了什么，他从百宝乾坤袋的最底层掏出了一只造型古朴的手套戴在了右手上。这只手套名为“独臂天残伏魔手套”，这个手套的厉害之处在于可以将使用者自身百分之七十的灵源转化成源动力，源动力可以唤醒手套中的伏魔天残灵手。这只独臂灵手传说是上古神尊门下的第一位高徒的右手，不过这法器只能使用一次，也就是只能使用一掌，虽只是一掌，这一掌足以让对方魂飞魄散。但这么强大的法器，自然有着极强的副作用。“独臂天残伏魔手套”会吞食使用者的右臂作为获得强大力量的等价交换筹码。天生在这个时候管不了那么多了，要是再犹豫下去，等到敌人出手，“白羽”和他都会死在这里。他戴上了独臂天残伏魔手套，又让白龙的本体现身，对白龙说：“快，飞向花魁那边！”

白龙躲过巨云猿那颗巨大的独眼发出的闪电，直冲花魁。当白龙绕过花魁那根粗大的青藤后，天生一个跃身窜到了花魁胸口之处，然后用右臂之上的独臂天残伏魔手套逐渐蓄力，口中念动咒文：“独臂天残，伏魔卫道，掌碎虚空，拳破八荒。”

咒文念罢，天生的右手猛地爆发出超越了在场所有人的灵力。所有人都停下了战斗，看向天生。花魁此时想躲已经来不及了，只能将全部的灵力都汇聚在胸前，“青藤古盾！”

一面看上去十分老旧的青色圆盾出现在了花魁胸前，似乎是想防御住天生的攻击。但这一次，花魁失算了。这青藤古盾连天生右臂带来的灵压都没能防御住，刚刚形成的盾牌便在独臂天残伏魔手套强大的灵气压力之下消散殆尽。

说时迟那时快，这一切也就仅仅几秒钟的时间，没有人能救得了花魁。天生的右臂带着独臂天残伏魔手套的强大力量，终于一拳轰击到了花魁的胸口处。这在花魁胸口处的重重一击，一下子便将花魁打得魂飞魄散。

花魁消失，“完全体血魁猿”体内灵源无法平衡，这个三面魔身的血魁猿就像山体滑坡一样瞬间崩塌。巨云猿退了出来，血虫被直接甩出了很远。狮面灵鹫抓着血虫的残躯，一口咬掉了它的身体，就剩下一颗头颅。生命力顽强的血虫虽然只剩下一颗头颅，但仍旧想要活下去，这个头颅飞向了远方，狮面灵鹫在血虫头颅后方紧追不舍。

它们飞去的方向，正是花小双和云葵所在的方向。

第三十五章

# 诸神大战（四）——灵虫姊弟

云葵带着花小双飞出了约一千丈的距离，总算是脱离了云生的感知范围。

云葵将花小双放下，九节血花鞭拿在了手中，“花小双，我把你放到这里，你走吧，千万不要回来！你我姐弟一场，姐姐不希望看到你死在云生的手中。你们都是我爱的人，我不希望你们任何一个人受到伤害。走吧！回灵树上尊那里去。”

花小双看着眼前的云葵，说：“姐姐，你变了，你真的变了。”

“哼，这世界瞬息万变，玄天之上，自古如此。我的改变，是因为我找到了爱的人。你现在还小，不明白什么叫作爱。等你长大了，遇到了爱的人，自然就明白一切了。”

云葵老神在在的话语并没有打动花小双，花小双心想：就算不能让姐姐回心转意，至少这段时间先把她留在这里，我也在这里陪她。

“姐姐，留下吧，起码现在留在这里陪我。”

听了花小双的话，云葵这才明白，原来花小双是天生他们派来拖住她的。

“闹了半天，你是天生他们的帮手。你来找我，你来见我，为的就是拖着我，不让我参与战斗是吧？”

“我来，是因为我想见姐姐。姐姐，我想你……”

“你不要骗我了，”花小双的话还没说完，便被云葵打断了，“你一直都在骗我，从头到尾都在骗我。什么为了我好，什么希望我做出正确的选择，都是狗屁！你什么时候学的这些话？我们在一起生活的几千年，你除了吃吃睡睡就没说过一句整话。怎么，刚认识天生那个伪君子这么两天，就一肚子墨水了？我呸！”

花小双见姐姐云葵误会了自己，便想开口解释。没想到迎面而来的，竟然是姐姐手中的九节血花鞭。花小双想要躲闪，却已经来不及了。“啪”的一声脆响，花小双的左臂上多了一道血痕，血痕之上皮翻肉绽。

这一鞭子下去，云葵也有些后悔，见花小双的左臂被抽出了一道血痕，云葵心里很心疼，但她的性子又不可能让她现在这个时候询问花小双的伤情。

云葵厉声问道：“为什么不躲？”

花小双的倔脾气上来了，说：“我就不躲！我没骗人！我说的都是实话，没人教我，都是我自己学的。我就不躲！我没骗人！”

“好好好，你这个倔脾气还是跟千年之前一模一样，”云葵说，“你不躲是吧？看鞭！”

这次，云葵拿捏好了力气，虽说还是会抽到花小双的身上，但是以花小双的防御能力，这点小伤对他来说根本不算什么，只是会因为九节血花鞭的灼伤效果，伤口当时会比较疼而已。

啪！

“你躲不躲？”

“我不躲！”

啪！

“你躲不躲？”

“我不躲！”

啪！

“你到底躲不躲？”

“我就是不躲！打死我也不躲！”花小双昂首挺胸地迎着九节血花鞭，一点儿也不服软。

打到最后，花小双的身上已经没有一块好肉，云葵也打累了。

云葵气喘吁吁地说：“你个混小子，倔得跟云游天尊骑的驴一样！你要是躲开，我也不至于这么打你啊！”

“我没骗人，我说的都是真话，我从来不骗人！我不躲，我就不躲。”

云葵摇了摇头，心想：那就依他吧，我也不去那边的战场了，小小的天生和白羽在云生、花魁、血魁猿和巨云猿面前还翻不出什么浪花来。

“轰隆”——花魁被天生的独臂天残伏魔手套消灭了……

听到这么大的声音，云葵心中便是一阵疑惑，思来想去，还是想去战场那边看看，她非常担心云生的安危。

云葵对花小双说：“你给我乖乖地待在这里，我去去就回来。”

花小双眉头一皱，水汪汪的大眼睛中闪过一抹凝重，“既然你执意如此，姐姐，弟弟这次真的要出手了。”

花小双身子一抖，掐诀念咒：“红钟圆，红钟转，红钟笼罩仇恨散。”

咒语念罢，花小双背后的红色钟便飞到了半空之中，不断地旋转不断地变大。变大之后的红钟冲着云葵飞了过去，钟内传来了巨大的吸扯之力，让本想逃走的云葵根本无法动弹。

见云葵被扣在了红钟下面，花小双说：“姐姐，先委屈你在这红钟之中待上一段时间，等我灵力恢复之后，就带你一起回灵树世界。”

“你快放我出去！放我出去！”云葵在红钟之内喊叫道，“你要是不放我出去，我就用九节血花鞭毁了你这本命灵器。”

花小双摸了摸鼻子，有些调皮地笑着说：“嘻嘻，姐姐可以试试，不过我真的不建议你试。”

云葵听了花小双这话，气就不打一处来，“哼，你当我不敢吗？看鞭！”

九节血花鞭不断地抽打巨型红钟的内部——“当当当……”一连九声巨响。外面的花小双并没有受到什么影响，但是身处巨型红钟内部的云葵都快被这九声巨响震聋了。

“哈哈哈，姐姐，我都说了，真的不建议你尝试，”笑容瞬间收敛，花小双似乎冥冥之中感受到了什么一般，声音突然低沉下来，说了一句，“姐姐，以前都是你保护我，这是我第一次也是最后一次保护你了，保重！”

“嗷”——“扑哧”——远处飞来了血虫那巨大的头颅，后面紧紧追赶着的是狮面灵鹫，那巨大的血虫头颅感受到了花小双身上有一些天生的气息，便瞅准了花小双的身子，一口咬了下去。

花小双被疾冲而来的血虫头颅咬掉了大半个身子和将近一半的本命灵珠。

巨型红钟之内的云葵还没弄明白花小双这话里的含意，只见钟外有些奇怪的声响，紧接着感觉巨型红钟的吸扯之力和禁锢之力消失。云葵一掌掀开了巨型红钟，映入眼帘的竟然是只剩下半边身子的花小双。

“弟弟!”云葵被眼前的一幕吓傻了，号啕大哭着，连滚带爬地向着花小双的半个身子冲了过去。

“姐……姐姐，小双……小双从来没……没骗过你，”花小双用尽全身的力气，似乎在诉说着自己今生最后的话语，“小双最……最爱的……就……就是姐姐……”

“小双，我的弟弟，”云葵将花小双的半个身子抱在怀中，完全不在意花小双流出的蓝色血液会不会沾到自己的身上，“小双，别再说话了，姐姐带你走，姐姐带你离开这里。”

花小双还想说点什么，却发现自己已经没有力气再张开嘴了。周围的一切都很安静，他能模模糊糊地看见姐姐云葵的轮廓，但听不到姐姐那一张一合的嘴里究竟在说些什么。

突然，一阵温暖传遍了花小双的全身，他似乎又回到了灵虫的模样，似乎又回到了最开始诞生在灵树世界的时候。

云葵不顾自己生命安危地把自己的本命灵珠划开了一个口子，将已经化作本体的花小双放了进去，她要用自己的本命灵源温养弟弟的身体。

对于灵虫来讲，损伤本命灵珠与自杀无异。云葵这样做，会给她自己造成永远无法磨灭的巨大影响，甚至今生的修炼都难有寸进。但是也只有这样才能保证花小双不至于魂飞魄散，也只有这样才有机会让花小双复原，虽说让花小双恢复原样的可能性微乎其微……

云葵此刻想先去战场，她能感受到云生那边也并不好过。去到战场之后，云葵打算就跟着云生一起离开战场，再去一趟灵树上尊那里，将自己的本命灵珠和灵珠之内的花小双一起交给灵树上尊，看看他有没有办法救活花小双。

而此时，狮面灵鹫早就已经抓住了那逃跑的血虫头颅，三下两下就把它撕成了碎片，并完全吞进了肚子里。狮面灵鹫看着地面上哭哭啼啼的云葵，一时之间也不知道应该做些什么。

满脸泪痕的云葵恶狠狠地盯着狮面灵鹫，说："怎么，出了灵树世界就想吞掉我们姐弟两个？狮面灵鹫，我警告你，我弟弟花小双如今身受重伤，你如果敢挡我的路，我就算自爆仙体也会宰了你。你是很强大，但仙体自爆的冲击力，就算是你，也不一定能完全躲得过吧！滚开，别挡我的去路。"

没想到，听了云葵的话，狮面灵鹫竟然真的闪开了一条道路。狮面灵鹫不认识云葵，但是它认识花小双。眼见着花小双被血虫的头颅吞下了大半身子和大半的本命灵源，狮面灵鹫虽然没有任何帮忙的想法，但此时此刻，它并不想为难云葵。花小双是天生的朋友，天生是自己的救命恩人，有这层关系在，狮面灵鹫完全可以克制自己不去宰了云葵和花小双这两只灵虫。

狮面灵鹫张嘴吐出了半颗本命灵珠——正是先前被血虫头颅吞下的花小双的那半颗本命灵珠。

云葵拿起这半颗本命灵珠，看了看狮面灵鹫，向来高傲的她竟然向着狮面灵鹫微微一躬身，说了句"谢谢"，随即飞向了天生和云生的战场。

第三十六章

# 诸神大战（五）——镜花水月

云葵向着战场的方向疾驰而来，而战场这边的战斗也进入了白热化的阶段。

退出“完全体血魁猿”的巨云猿眼睁睁看着弟弟花魁被轰成了碎渣，哀号一声：“不!!!”

天生此时将独臂天残伏魔手套摘了下来，一起被摘下来的，还有天生的右臂。

“啊！天生你这是……”雀儿在一旁惊呼。

天生苦笑着说：“我不想让你受到任何伤害，只能出此下策。没关系，有你在，我的右臂也就不重要了。”

巨云猿对着天生和雀儿怒目而视，厉声喝道：“你们两个小娃娃，今天一个也别想活着离开这里！猿灵阵!”

云猿岛大殿之中那一座座白猿雕塑在听到巨云猿的呼唤之后飞

速来到巨云猿面前，按照原先的位置依次摆开。

巨云猿恶狠狠地说：“你们就死在这猿灵阵之中吧！”

一语言罢，一个个白猿雕像似乎听懂了巨云猿的指令，打乱了阵形向着天生和雀儿冲来。被围困在猿灵阵之中的天生和雀儿骑在白龙之上，穿梭在一个个高耸入云的白猿雕像之间，肃穆的白猿雕像群看上去让人不寒而栗。

雀儿对天生说：“你听，这猿灵阵之中这么安静，丝毫没有之前那些嘈杂的声音，也根本感受不到巨云猿的灵力波动。看来，这里是与外界隔绝的。”

天生点点头，说：“这白猿雕像群似乎是按照一定的阵法排列的，我们每迈出不同的一步就会有不同的变化出现。看上去，这猿灵阵更像是一个迷宫。此处不简单！小心为妙！”

话音刚落，空中忽然出现了两只巨型白猿手，一只手抓住了白龙的头，一只手抓住了白龙的尾，就像荡秋千似的用力一甩，将天生和雀儿摔在了地面上。巨大的震荡和撕扯也把白龙打回了原形，变成了一支白龙簪。

天生喊了一声“白龙剑”，白龙簪就又变成了白龙剑，紧握在天生的手中。

白猿雕像群将天生和雀儿围在其中，每个白猿雕像都开始口吐灰色迷雾，天生紧握着雀儿的手，生怕这灰色迷雾分开他们两个。

灰色迷雾越来越浓，浓到即使近在咫尺也无法看清对方的模样。当灰色迷雾浓稠到几乎化浆的时候，一阵微风拂过，灰色迷雾竟然开始逐渐消散。

待得灰色迷雾散去后，白猿雕像也消失了。

“天生你看，迷雾消失了。”雀儿转头看向旁边，发现自己的身边并没有天生的身影，而自己手握的竟然是一棵说不上名字的植物的叶子。

“白羽，白羽你在哪里?”天生也开始呼唤，却并没有收到任何回复。

这猿灵阵中的灰色迷雾乃是巨云猿最大的杀手锏——迷阵“镜花水月”。它这么个粗鲁的家伙竟然会给自己的杀手锏起这么文雅的名字，真是不敢想象。然而，这迷阵镜花水月的可怕也是令人无法想象的。

天生和雀儿本身并没有移动一丝一毫，但是他们脚下和身边的位置却在不停地变换。他们此时身在一个房间里，巨大的正方体房间没有门窗，地面上闪动着一块块颜色各异的方格子。天生踩在其中的一块方格子上，雀儿站在另一块方格子之上。

以天生和雀儿的感知力和察觉能力竟然根本感觉不到周围环境的变化，也不知道他们脚下踩的土地、头上顶的蓝天其实都是这些方格子变幻而成的。可见这迷阵镜花水月的厉害。

天生在幻境中看到：灵树下，花雨缤纷，白羽穿着一身素白色的衣服在树下跳着云中舞，而他则伴着白羽优美的舞姿在空中挥舞着白龙剑。

雀儿在幻境中看到：望凡石之上，她躺在天生的怀中看着凡间美景，天生俊美的眼神中反射出璀璨的星光。

忽然，又是一阵白色迷雾吹来，他们眼前的幻境风云突变。

天生在幻境中看到：巨云猿用一只硕大的手抓走了正在跳舞的白羽，情急之下，他拿出白龙剑和巨云猿在半空中开始交战。

雀儿在幻境中看到：花魁从望凡石的边沿伸出青藤缠住天生的双脚，天生越挣扎越被紧绑，这时雀儿拿出雀灵凡雨环迎上前去，与花魁展开一场殊死之战。

其实，迷阵镜花水月的作用就是让身在阵法中的人相互在各自的幻境中与对方厮杀，而且灰色迷雾还会影响人的心智，让身处迷阵之中的人更加相信眼前的景象就是现实。

天生梦游在自己的幻境中，却在幻境外与雀儿战斗；雀儿在幻境中和花魁交手，其实幻境之外，她正在与天生拼斗。

“你放开天生!”“你放开白羽!”雀儿和天生同时喊道。然而他们的对手并没有说话。

天生眼睁睁看到面前的白羽被巨云猿的大手捏爆了身躯；雀儿眼睁睁看到面前的天生被花魁的藤蔓紧紧缠绕，窒息而死。

那巨云猿冲着天生冷冷一笑，甩了甩手上白羽的碎肉，便站在那里不动身形，似乎是在等待着天生冲过去找它算账。

“白羽!”天生睚眦欲裂，提着白龙剑冲了上去，此刻已经全然顾不上什么剑法，也没了保留灵力的想法。天生攥着白光大放的白龙剑对着那巨云猿就是一通乱砍。

也不知什么时候，那巨云猿的手中竟然有一对巨大的铁环，巨云猿便用这一对铁环迎击天生的白龙剑……

“天生!”雀儿看到天生丢了性命，尖叫着喊了一声天生的名字，双眼流出了两行血泪。她对天生的情竟然如此之深。雀灵凡雨环光芒大方，雀儿口中念动咒语，她竟然想再次催动雀灵凡雨环之中的鲲鹏之力。但雀儿此时的灵力已经无法再调动庞大的鲲鹏之力，强行调动那样庞大力量的后果就是反噬！雀儿口吐鲜血，却根本顾不上恢复，对面的花魁不知道什么时候手里多了一把长剑，正冲着她飞驰而来。雀儿提起雀灵凡雨环，准备迎敌。

迷阵镜花水月之外，巨云猿正在地上寻找弟弟花魁的肉身碎片。天食花乃是玄天之上生命力最为顽强的种族之一，就算身体碎成几段也可以通过吸收灵力完全复原。巨云猿期盼着通过收集弟弟花魁的肉身碎片，想办法让它起死回生。诚然，巨云猿知道，弟弟花魁已经魂飞魄散，就算找到再多的肉身碎片也于事无补。但巨云猿放不下这几万年的情感，它就像着了魔一般，一边自言自语，一边捡拾着地上的天食花碎片，“弟弟，你别着急，哥哥一会儿就带你回家……那两个置你于死地的小王八蛋已经被我封锁在镜花水月之中了，他们都得死，一个也别想活！”

天生和雀儿两人使出自己的看家本领在幻境中与所谓的“巨云猿”和“花魁”厮杀着。幻境之外，天生和雀儿打得不可开交，白龙剑和雀灵凡雨环碰撞着，发出阵阵金铁交戈之声。

天生抓住“巨云猿”的空当，将白龙剑穿过了“巨云猿”手中的铁环，刺入了“巨云猿”的心脏。天生又将白龙剑拔出，架在了“巨云猿”的脖子上。“巨云猿”胸口的鲜血喷溅而出，洒在了天生的脸上和身上。

雀儿被“花魁”的剑刺中，这极具破坏力的剑刺入雀儿心脏的时候，一股强大的暗劲钻入了雀儿的身体，破坏了雀儿身体之内的全部内脏，只剩下一颗本命灵珠在苦苦支撑。

雀儿痛苦地闭上了眼睛，“噗”的一口鲜血喷出，喷在了“花魁”的脸上。当雀儿在睁开眼睛的时候，却发现天生站在自己面前，白龙剑正架在自己的脖子上。

雀儿手中的雀灵凡雨环掉落在地，身子也倒了下去，倒在了天生的怀里。雀儿的灵力已经所剩无几，但她仍旧保持着姐姐白羽的模样。

我不能在这个时候暴露自己真正的身份，我不想让天生对姐姐的感情动摇。我早就发过誓，绝对不会喜欢上任何人，也绝对不会介入任何感情之中，可为什么，为什么遇到你之后都变了？天生啊天生，为什么我会让你住进我的心里？

“白羽，白羽，怎么会是你？”天生简直不敢相信自己的眼睛。

好想听你叫我一声“雀儿”，可这么简单的梦想，也不可能实现吧！天生，我不是姐姐啊，你用心去感受，我是雀儿，我是雀儿啊！对了，你根本不知道雀儿是谁，雀儿根本没有在你的世界里出现过。

“白羽，白羽，对不起，对不起。”天生的眼泪落在了雀儿的脸上。

不要道歉啊，天生，你没有对不起我，这只是那可恶的巨云猿使出的招数。你不会伤害我的，过去不会，现在不会，将来……可能没有将来了。本命灵珠出现了裂痕，本命灵源外泄，就算再修炼万年也不会有机会恢复了。既然如此，倒不如成全姐姐和天生吧……雀儿，从来没有来过……

“白羽，你说话呀，说话呀！”

“天生，”雀儿满是鲜血的手抚摸着天生的面庞，“不要……不要哭，也……也不要……不要道歉。我有……我有两条命……”

第三十七章

# 诸神大战（六）——神落玄天

“天生，我有……我有两条命，”本来虚弱的雀儿说到这里却突然亢奋起来，“我还有一具身躯在我的居所之内修炼，这具身躯跟我现在的身躯一模一样，只是戴着一块面纱。等下我的这具身躯就会变回云雀本体，随后消散。不要伤心，我的本命灵源会回到我那一具身躯上。用不了多长时间，我就又会完完整整地出现在你的面前了。”

说完这些话，雀儿硬挤出了一个微笑，而这些话似乎耗尽了她身上最后的力气，她的气息变得比先前更加不稳定，说话又断断续续起来，“好想，再……再看你一眼啊！”

“白羽，你还会见到我的，我哪里都不会去，我就在这里等你，”天生说，“对不起，对不起……”

“没……没关系的，我……我不会……不会怪你……”雀儿的声音变得更加有气无力，“天生，吻……吻我，好吗？”

天生的唇印在了雀儿的唇上……原来，你的嘴唇是这么柔软啊……

“啪”——雀儿的手从天生的面庞滑落，落在了硬硬的地面上。雀儿的仙体逐渐缩小，她用最后一丝灵力将本体变化成了姐姐白羽的本体云雀。

雀儿的本命灵源包裹着本命灵珠，从云雀小小的身子中钻出，飞向了白羽的居所。

白羽正坐在仙琴前发呆，她能感受到天生那里发生了巨大的变化，但她不清楚究竟发生了什么事情。

正在这时，雀儿的本命灵珠飞到了白羽面前，化成了缩小版的雀儿模样。

“姐姐……”

“雀儿？你这是……本命灵珠？究竟发生了什么事情？”看到雀儿的本命灵珠，白羽才知道，雀儿已经把命丢了。

“姐姐，这是我能为你做的最后一件事情了……原谅我……”说完，雀儿的本命灵珠破碎，庞大的生机夹杂着雀儿的记忆钻进了白羽的身体。白羽苍老的面庞逐渐恢复了原本的模样，而雀儿的记忆也融入了白羽的记忆之中。

“妹妹……妹妹……你怎么这么傻……”白羽的眼泪滑落，滴在了琴弦之上，“天生，天生有危险！”

白羽飞身前往战场，却没有摘下脸上的白纱。

云葵赶到了战场，来到了云生身边。

云生关切地问：“云葵，你怎么样？”

云葵摇摇头，说：“我没事，只是花小双……”

云生眉毛一挑，说：“花小双？就是刚才跟你在远处天河河边的那个小屁孩？”

云生的话似乎触动了云葵的底线，云葵声嘶力竭地喊道：“他不是什么小屁孩儿，他是我弟弟。”

云生被云葵的反应吓了一跳，“你……你弟弟？”

云葵叹了口气，将已经发生的事情原原本本地告诉了云生。

“原来是这样。”

“云生，我们现在就去灵树上尊那里吧！我怕花小双坚持不了太长时间，去灵树上尊那里，他一定可以救活花小双的。算我求你了，好不好？”

云生看着云葵伤心的样子，又看了看战场之中尚未散去的迷阵镜花水月，宠溺地摸了摸云葵的头，似乎决定了什么，说：“走吧！我们去灵树上尊那里。黑蛇！”

云生拔下了头上的黑蛇簪，召唤出了黑蛇。云生和云葵便飞往了灵树上尊本体灵树的所在之处。

战场之中，迷阵镜花水月散去，天生浑身是血地站在当场。

“哈哈哈哈！死了一个，真是活该！”巨云猿笑道，“你也别想活着，我要让你给我弟弟陪葬！”

暴怒的天生虽说只剩下一只手臂，但丝毫没在气势上输给巨云猿。天生捡起掉落在地上的白龙剑，剑指巨云猿，愤怒地说：“你这该死的猴子，是你，让我伤了白羽的一条命。一命换一命，你跟你那花魁弟弟，就去地狱相见吧！”

不由分说，一仙一猿战在一处。

虽说气势足够，但先前的战斗已经消耗了天生将近百分之八十的灵力，面对比他多修炼了几万年的巨云猿，天生越打越觉得力不从心。

“怎么？你就这点能耐吗？看我捏碎你！”巨云猿巨大的手掌攥住了天生的身体，任凭天生如何挣扎都无法逃出巨云猿的手掌。

这场景似曾相识，似乎就是幻境之中天生看到的场景，只不过巨云猿手掌中的人从白羽换成了天生自己。

“白羽……一定很疼吧……”天生又想起了他刺中“白羽”的那一剑，然而他不知道的是，他刺中的其实是雀儿，而雀儿似乎从来没有在他的世界里存在过……

“你这小子，死到临头了还有兴致悼念你的情人？也好，我就让你们在地府相聚吧！”说着，巨云猿的手掌力度逐渐加大。

“天生！”远处传来了白羽的声音。

本来已经没有力气的天生听到了白羽的呼唤，身体瞬间爆发出了力气，单凭一只手就撑开了巨云猿的巨大的双手，“我现在还不能死，白羽根本就没死，她的第二条生命来见我了！”

“什么？”

“你这该死的猴子，休想困住我！”

“别以为你撑开我的手掌就能战胜我，我杀你就如同踩死一只蚂蚁！”巨云猿的手由掌变拳，一拳击中了天生的身体。天生被巨云猿一拳打到了天河之底。

白羽赶到，却连法术都没来得及施展，就被巨云猿一把抓住。

“虽然不知道你为什么会有两条命，幻境之中，你被我捏死了一次，那现实之中，你就再被我捏死一次吧！哈哈哈哈！”巨云猿狂笑着说。

巨云猿的强大超出了白羽的想象，没有了狮面灵鹫的帮助，单凭白羽和几乎已经没有任何剩余灵力的天生，根本无法战胜眼前这可怕的巨云猿。

此刻，巨云猿已经癫狂，它已经把天生和白羽的身份抛诸脑后，就算女娲神尊出现在它面前，“杀弟之仇”它也必须报，天生和白羽必须死。

浑身一丝灵力也不剩的天生静静地昏睡在天河之底，白羽感觉到了天生的气息，却无奈无法前去营救。

天生，雀儿因你而死，我本该恨你，但我却怎么也恨不起来……雀儿喜欢你，我也同样喜欢你，既然她可以为你献出生命，我又何尝不能呢？

白羽攥紧了原本就握在手中的三色锦囊的最后一个——蓝色伏魔锦囊。这蓝色伏魔锦囊十分强大，使用之后甚至可以消灭修炼十万年以上的大罗金仙。但越强大的术法，代价就越大。白羽如果使用了蓝色伏魔锦囊，便会透支几乎所有的本命灵源，生命也只会剩下三天。

无可奈何的是，以现在的情况来看，也只有蓝色伏魔锦囊能够拯救天生和白羽。

“巨云猿，多行不义必自毙，今日我要为我妹妹雀儿报仇雪恨，”白羽厉声说道，“锦囊伏魔，献祭我心，天地归元，妖魔除尽！”

咒语念罢，蓝色伏魔锦囊光芒大放，蓝色光芒在巨云猿身上不停掠过，掠过之后，蓝光就在白猿身上变成了一层蓝色水珠，水珠稀释着巨云猿身上的云雾。巨云猿感觉到自己的身子越来越沉，它想调动体内的灵力将这可怕的蓝色水珠祛除，却发现自己根本调动不来任何一丝灵力，只能任由蓝色水珠侵蚀身体。

白色的巨云猿逐渐化为蓝色，它不甘地大吼一声，在空中“轰”地一下炸得四分五裂。修炼了几万年的巨云猿就这样在玄天之上魂飞魄散。

白羽将天生从天河之底救出，带着他飞回了自己的居所。

白羽将天生放在了床上，便离开了自己的居所，去到了旁边妹妹雀儿的居所，这一待，就是三天。

天生一直昏睡着，这一睡就是三天。等到他醒来，发现白羽不在身边，便呼唤着：“白羽，白羽，你在哪里？”

可不论他怎么呼唤，都没有人回应他。天生挣扎着身子，颤颤巍巍地走出了白羽的居所，仔细地寻找着白羽的气息。微弱的气息一直延伸到了雀儿的居所。

天生推门进去，发现了一只云雀的尸体，安静地躺在床上。这里，满满的都是雀儿身上的香气。

“……”天生连滚带爬地到了床边，满眼都是泪水地看着白羽的尸体，嘴张了张，却发不出任何声音。

突然，天生用仅剩的左手捧起了白羽的尸体，召唤出了白龙，飞向娲皇宫。顾不上娲皇宫禁止飞行的规矩，天生身骑白龙直接飞到了女娲神尊面前。

“求女娲神尊救救云雀仙子！求女娲神尊救救云雀仙子！”

女娲神尊叹了口气，说：“她已经死了！”

天生将白羽的尸体放在了神台之上，自己直直地跪了下去，不住地磕头，“求女娲神尊救救白羽！求女娲神尊救救白羽！”

女娲神尊看了看白羽的尸体，说：“救活她，就要牺牲你，她的性命和你的命运，你将如何选择？”

天生毫不犹豫地回答：“我愿用我的命换她的命，求女娲神尊救救白羽！”

女娲神尊问：“你真的愿意为她牺牲一切吗？包括天帝一职？”

天生说：“是的，我愿意，我只要她活着！”

女娲神尊叹了口气，说：“那好，我现在就将她救活，而她之前对你所有的记忆将一并被抹去。救活她，需要抽取你的仙骨。这之中的痛苦……”

天生说：“神尊尽管拿去，只要能救活白羽，我就算是死，也在所不惜。”

女娲神尊左手轻轻一挥，白羽尸体之中已经黯淡无光的本命灵珠从神台之上慢慢飘浮而起；女娲神尊右手轻轻一挥，天生的仙骨便被直接剥离了出来。

疼，钻心地疼，可再疼，天生也不怕。经历过两次心死如灰的痛苦，这点肉体的痛楚，对天生来说根本不算什么。

本命灵珠和仙骨相结合，融入了白羽的云雀尸体之中。不一会儿，云雀再次飞翔在了神台之上。

天生看着在神台上自由飞舞的云雀，脸上露出了释怀的微笑。

一丝灵力也没有的天生跪拜在女娲神尊面前，说：“感谢女娲神尊对白羽的救命之恩！”

女娲神尊面无表情地对天生说：“你随我来！”

天生跟随着女娲神尊来到娲皇宫内的一处花园，花园之内一朵朵娇艳欲滴的花骨朵争相怒放，蝴蝶翩翩起舞，一道悬挂在花园半空的彩虹闪烁着耀眼的霞光。

此时，女娲神尊手中飘浮着一颗色彩斑斓的种子，她对天生说："你这一世情根太重，仙骨已除。等下还要洗去你这世的所有记忆，然后将你的灵源收于这颗仙果的种子中，深埋在这座玄天花园里。你在种子中经过万年孕育，方成仙体。到那时，你必然会被委以重任。不知你可愿意？"

天生叩拜在女娲神尊面前，说："谨遵女娲神尊之命！"

女娲神尊右手一挥，天生就化成一颗光种状飞入种子之中。种子被女娲神尊用灵力深埋在了玄天花园的深处。

云生和云葵来到了灵树上尊的本体灵树前。

云葵对着灵树说："灵树爷爷，你快救救花小双！"

灵树之上，一张苍老的脸显现了出来，正是灵树上尊。

灵树上尊叹了口气，说："哎，花小双这孩子，果然还是没有逃过因果循环。他现在应该在你体内吧？"

云葵点头称是。灵树上尊接着说："你把他和你的本命灵珠都留在我这里，就跟云生离开吧！"

云葵将本命灵珠取出，放到了灵树上尊本体灵树的树杈之上，向着灵树上尊深深地鞠了一躬，便转身上了黑蛇。

云生身骑黑蛇，带着云葵飞往望凡石，那里是玄天通向凡间的唯一通道。

"云生，我们这是要去哪里？"

"我刚才感觉到，天生已经被取了仙骨，他的气息完全消失了……"

"怎么会？"

"我可不想像那个傻子一样，落在女娲神尊的手中。我看这玄天之上，再也没有我的立足之地了，我要去凡间建立黑暗魔域，建立属于我的王朝，不知你可愿意同行?”

云葵笑了笑，点点头说：“你去哪儿，我就去哪儿！绝不分开!”

云生宠溺地将云葵抱在了怀里，驾着黑蛇带着云葵冲破玄天结界去往了他最讨厌的凡间。

离开之时，云生回身看了一眼玄天。

既然我成不了天帝，那我就灭了这玄天，我得不到的，别人也休想得到。